揮霍

Lavish Love

藤井樹（吳子雲）著

感情是沒有極限的，遇見了的那一刻，就開始揮霍著……

同居

有一次因為身體疲累去按摩，

按摩師父一邊按一邊跟我聊工作。

就在時間快到的時候他問我：「有沒有哪裡比較痠痛要加強的？」

我說：「有，心酸。」

揮霍

01

一開始我是不想答應的，或者應該說我根本就沒有答應。

我是說大仔要把我調到台北這件事。

印象中台北有三多，「人多、車多、生活花費多好多」。

台北的夏天是悶熱的，午後雷陣雨在夏天幾乎天天發生，每到下午兩點左右，原本的一整片藍天就會被烏雲籠罩，天黑得跟龍捲風要形成了一樣。

台北啊，我還是大學生的時候曾在那城市待過兩個月。

原因是為了暑修。

因為那門科目我大二就被當了，學校沒有開暑修，我也就一直沒機會修。一直到大四，始終抱著標準的大學生打混心態的我才驚覺事態嚴重，最後只好上網去找，好死不死全台灣只有台大有開這門課的暑修，更好死不死的是，如果我沒去暑修就沒辦法畢業。於是我只好硬著頭皮上台北，一邊暑修心裡一邊幹譙當掉我的教授吃什麼拉什麼直到我暑修結束為止。

那時我班上幾個死黨為此改了一首歌送給我，曲名是王心凌的〈愛你〉。

從副歌開始。

Oh 國維，課堂少蹺一點，A片也少看一點。
報告寫漂亮一點，你就會好過一點。
誰知道你很犯賤，成績也爛得可憐，
教授說，他會心甘情願，當你。

拜託，別跟我說你剛剛看著這詞唱過一次。

不知道為什麼，即使今年我已經三十歲了，有時還是會不經意地想起這段被改過的歌詞，尤其是聽到這首歌的時候。原本的詞我好像都看不見聽不見一樣，腦袋裡浮現的、眼前看見的，都是這段被他們改過的詞。

這就是傳說中的「同學霸凌症候群」嗎？

我是高雄人，也在高雄念大學，對台北的印象很淺很淺，南北差距太大的結果，讓許多北部人以為南部或東部的人都騎山豬上學，而南部人對台北的印象就是現代化，車子好像都會飛，但台北人冷漠無情，去到台北感覺像出國。

除了電視裡面播的之外，我對台北的印象就只剩下國小的畢業旅行了。一切都很模糊，記得的只有兒童樂園跟忠烈祠的衛兵交接，我還記得我班上有個同學看著那動也不動的衛兵，好一會兒之後，他問我：「他真的不會動嗎？我想在他亮亮的鞋子上尿尿。」

國中和高中都沒有畢業旅行，因為學校沒有辦，我們就沒得去。好不容易大學的畢業旅行可以由各班自行辦理，開始有人建議要去泰國，有人說要去關島，有人說要去日本，還有人說要去歐洲把法國瑞士義大利捷克全都繞一圈，這個人擺明是來亂的。

好不容易全班過半數通過，要到泰國五天四夜，班代找了一間旅行社包辦我們的畢旅，每個人團費一萬八千元，高級餐廳、五星級酒店、來回機票還有秀場門票全包。我還記得那天收錢時，一共有五個同學幫忙算錢，因為人有點擠，大家手忙腳亂的，於是班代桌上的飲料不小心被打翻，弄濕了一疊錢，好幾個人在那邊擦錢擦了老半天。等到班代收齊了全班將近一百萬元的旅費，清點無誤之後，由班上特別選出來的四個壯漢護鈔送到學校附近的銀行去匯款。

然後那筆錢就不見了，因為那是一間詐騙旅行社。

他拿來讓我們參考的旅遊簡介都是從別人那兒偷來的，在角落釘上自己亂印的名片就到處行騙。

這件事上了新聞，受害學校一共十幾間，總詐騙金額超過兩千萬。

一個月後，那個人想偷跑出國被抓了，我們班試圖想找出他被關在哪裡，大家都恨不得狠狠扁他一頓，可惜查不到。

你或許會想問，為什麼這件事我會記得這麼清楚，甚至連飲料打翻了都記得。

因為我就是那個被騙的班代。

幹！

事發之後，我向全班同學鞠躬道歉，並提出我願意賠償所有同學一半費用的解決方案，但同學一致通過不需要我賠，沒多久後我聽到一些流言，有些同學懷疑我私下跟詐欺犯有所往來。

若不是嫌犯被抓到，我想我可能沒辦法洗刷這個冤屈。

但畢業旅行也跟著泡湯了。

直到我修完了學分順利畢業，我對台北的印象還是很淺。

待在台北兩個月的時間，除了上課跟睡覺之外，就是窩在親戚借我住的房間裡，因為我基本上是個路癡，剛上台北的第一個星期我就迷路迷了五天，為什麼只迷路五天？因為星期六、日我沒有出門。

路癡這個毛病讓我在當兵跟剛出社會的時候吃了不少苦頭。

當兵時，打飯班的工作是一個班一個班輪流執行的，第一次擔任打飯班時，我的心情非常興奮，因為十點半就可以停止訓練，到廚房去幫忙，當你看見全部的人都還在出操，只有少數幾個人中途離開，那感覺像是擁有特權，難怪那麼多人喜歡當官。

吃完飯後，班長要我推著推車，把廚餘推到垃圾資源回收區倒掉，結果我去了整整一個半小時，點名時看不見我，班長差點就報逃兵了，原因只是因為我在營區裡迷路。（這不能怪我，營區真的很大！）

「我今天會把你操到讓你有看見菩薩的幻覺。」班長憤恨地說。

我可以了解他的憤恨。一個兵不見了，身為班長，他們不但要找到死，還會被罵到臭頭。那天我被罰交互蹲跳跟伏地挺身罰到差點往生，雖然沒看到菩薩，但祂也沒來救我。

從此之後，倒廚餘沒有我的份，連長下令我離開連隊超過兩百公尺就要有人護送。

班長說我可能是史上第一個因為迷路而會帶著護衛的阿兵哥。

退伍之後，我有四個月時間找不到工作，同學問我有沒有駕照，會不會開車，我說會，於是我被他介紹到一間便當店去工作，老闆是他的叔叔。

為了不讓介紹我去工作的同學丟臉，我非常認真地工作，而那也是我這輩子第一次穿圍裙戴手套用手捏菜。

第一次看到包便當包到系統化的作業流程，我真的是大開眼界了。

如果不是在便當店工作過，我還真不知道包便當也是有藝術的。

所謂菜色，可不是單指很豐富的菜餚而已，因為蔬菜有不同的顏色，老闆在買菜時就會想好要買哪些顏色的菜，在便當的擺置上還有規定，綠色的菜旁邊要有黃色或紅色的來相襯，而且擺列要整齊，看起來才會豐富漂亮而且美味，主菜還要另外包裝。

前一個月做得還算順利，因為我只在店裡包便當，後來老闆生意量變大，要我幫忙開車外送，我當下立刻表明我是個路癡，但那時老闆忙得不可開交，一心想著要我快點去，要是讓客人等太久，以後可能就不跟我們訂便當了。

雖然不太輕鬆，但其實送便當是件有趣的工作。一箱便當大概有二十幾公斤重，用大塑膠袋裝，一袋也有十公斤上下，因為送便當，你會遇到很多不一樣的人，有上班族、有學校學生跟老師、有工地的工人、有吃膩了員工餐廳的大企業員工、有辦活動的社團，還有家裡擺了四桌麻將，看起來像是在聚賭的阿伯阿姨歐巴桑。

有一次，某個在高雄拍戲的劇組叫了五十個便當，地點在碼頭旁邊，便當送到了我才知道他們在拍電視劇。近距離看明星的感覺跟電視上差很多，他們臉上的妝非常厚，假髮看起來黏得很緊，看他們穿古裝在玩手機的感覺很奇妙。

嗯，是的，我真的開始送便當了。

為了不負老闆跟客戶的託付，我非常努力地把路記住，還在地圖上用紅筆標註回去的路線。

但我還是迷路了……他媽的！

雖然工作的地點在高雄，是我的家鄉，但有很多大街小巷我不僅沒去過，就連路名都沒聽過。

我永遠記得迷路時老闆那張綠色的臉，因為他體型龐大，我以為我看見浩克。

後來老闆買了 PAPAGO 導航，裝在車子的擋風玻璃上，「它叫 PAPAGO，以後你每天都要跟它做伴了，它叫你怎麼走你就怎麼走，它就是你送便當的好朋友。」老闆說。

於是，我每天看著那部導航，聽著那有點像是合成的女性聲音跟我說「前方兩百公尺右轉」、「前方一百公尺左轉」、「請右轉」、「抵達目的地」，不知道為什麼，我覺得那是一種污辱，於是我就離職了。

因為路癡也是有自尊的，讓一個女人帶路，我心裡有點受傷。

>>> PAPAGO 有時候也會亂帶路，
帶錯路的時候也是裝死不會跟你說對不起啊！

02

後來我到了現在的公司當內勤人員，工作就是打雜。才做沒多久就被大仔看中。

大仔是我替頂頭上司取的外號，但只有我這樣叫他，其他人還是規規矩矩地叫他蔡經理。他是我們業務部門的老大，所有業務都歸他管，當然他要爬到這個位置也不容易，二十多年的業務生涯，讓他練就了一張非常有說服力的嘴巴。人家說當業務的嘴巴都很厲害，可能人都死了嘴巴還活著，就算屍體爛了，嘴巴也是最後才爛掉的。

而我強烈懷疑這話在他身上可能會得到應驗。

他說有一次他跟朋友一起開車出門，路上跟別人發生擦撞，雙方都有錯，一個違規左轉，一個闖紅燈。雖然人都沒事，但板金凹陷掉漆，雙方在馬路中間各說各話，因為他是乘客，所以待在一旁沒說話，眼看他朋友跟對方吵了五分鐘沒結果，光是要不要叫警察來都僵持不下、沒個結論。

於是他走向前，拿出名片，很有禮貌地遞給對方駕駛人，並說：「你好，我是汽車材料廠的業務經理，我姓蔡，這是我的名片。」

對方一接過名片，他的手就順勢輕拍了對方的肩，他說那是表示善意，並且拿出最親切的態度以降低敵意、拉攏關係的好時機。

「這位大哥，」他拉著對方到一旁去，輕聲地說：「車子我很了解，汽車材料我賣了二十幾年，大大小小車禍也處理非常多次，我如果跳槽去產物保險公司賣汽車保險，甚至可以無縫接軌立刻上手。今天我們兩部車碰在一起也算是有緣，你安然無恙我也毫髮無傷。雖然我們違規左轉，但你也闖了紅燈，叫警察來，一樣都要再吃罰單，不如我們簡簡單單快速地處理。你車子左前葉子板凹進去，烤漆大概兩千五百塊，回原廠去烤大概要三千；我們保險桿破了要裝新的，隨便換也是要三千塊，既然差不多，何不現在大家上車快點離開這路口，不然其他路人如果報警了，警察一來我們都跑不掉，還得吃罰單，還得去警局做筆錄，還要浪費時間和解，沒辦法和解還要開調解庭，一切都只為了三千塊，這不是自找麻煩嗎？」

然後兩部車就各自離開了，一塊錢也沒付。

要離開之前他還補了一句：「你可以打我電話，很多汽車修理廠我都熟，我幫你介紹，保證技術一流而且便宜。」

事後對方還真的打電話請他幫忙介紹，修理廠讓他賺了三百塊介紹費。

別人撞車他賺錢，這等業務功力令人折服。

大仔今年四十六歲了，結婚十八年，有過一個兒子，但很小的時候就病死了，為了不再承受悲傷，他跟夫人說好再也不要有孩子。

大仔留了個八字鬍，讓他看起來像混了很久的兄弟，所以我才叫他大仔。

雖然他看起來有點流氓氣，但其實一點都不凶，不僅說話客氣語調拿捏得宜，就連跟寵物說話，都像慈父在殷切叮嚀子女一般。看他拜訪客戶時跟客戶的狗說話，你會有種他會說「狗語」的錯覺。

「欸，小乖，看你的表情，你應該在憋大便，但主人不帶你去散步，對不對？」他說。

小乖：「汪！」

「哎唷！真的喔！那你要不要先自己去外面大便？等一下我再陪你玩？」

那隻狗頓了幾秒鐘，吐著舌頭左顧右盼了一番，就走到客戶的倉庫外面去大便了。

看著那大便一條一條地從牠的肛門像擠牙膏一樣地擠出來，你可以從我已經拖地的下巴看出來我當時有多吃驚。

對不起，我不是故意形容得這麼噁心，我是在強調我有多驚訝。

大仔去年跟他老婆離婚了，聽說他在夫人堅持一定要對分財產時，用那張業務嘴說服她降低離婚條件，最後她帶走一部車，並且談妥每個月給她兩萬塊贍養費。據說大仔會開出這條件是因為他們之間沒有孩子，沒有教育及孩子生活費用的問題。房子是大仔結婚前就已經買的，夫人也從不曾負擔過貸款，再者她也有工作，而且收入並不算低，這樣的離婚條件算是非常合理。

某天，當他知道我們在談論這件事時，他走進吸菸室，大家突然都不說話了。他看了我們每個人一眼，然後吸了一口菸，而後長長地吐了出來。

「你們想不想知道我跟她是怎麼決定離婚的？」他說。

在場所有業務全部搖頭，「不想。」我們異口同聲。

「有一天我們在家裡吃晚餐，」儘管我們說不想，他還是自顧自地講了，「那天她燉的滷肉特別鹹，我猜她在倒醬油的時候心不在焉。飯桌上，吃到一半，她對我說：老蔡呀，我好像不愛你了。」

聽到這裡，我們都愣了一下。

「那時我看了她一眼，又吃了一口飯，」他吸了一口菸，繼續說：「沉默了大概三十秒吧，我問她，那妳覺得應該怎麼辦？」

「她說分居或離婚選一個。」

「我說離婚跟分居意思不是一樣？」

「她說所以離婚比較乾脆直接。」

「我說妳確定？」

「她說我確定。」

「我問有沒有綠色的帽子戴在我頭上？」

「她說沒有。」

「我說好，既然不愛了，那就離吧。」

「隔天她就拿離婚協議書給我簽，連條件都只談了兩個小時就離了。」

他段落分明、一句一句、清楚簡短地說完，我們聽得眼睛瞪大、嘴巴開開。

這時他又吸了一口菸，指著我們幾個業務說：「我以過來人的身分跟你們講，你們都還年輕，二、三十歲的，不管有沒有女朋友或老婆，有時候男人啊，就是會太執著於沒辦法繼續的感情，好像感情經營失敗是自己的一種無能。但是啊，當女人決心跟你分開啊，你們要感謝她們，因為那是她把自由還給你，收到這麼珍貴的禮物，說聲謝謝是應該的啊。」

我們都還在吸收這段話的時候，他的語氣突然改變，「剛剛那段談離婚的過程全部都是唬爛的！他媽的我跟那婆娘談離婚談了快兩個月，你會在離婚這件事情上面看見女人的韌性跟男人的耐性，那是一場韌性與耐性發揮到極點的頂尖對決。媽的勸你們千萬別結婚啊！根本就是慢性自殺！」

我們幾個業務面面相覷，都沒搭腔。

幾個月後有三個業務跟女友求婚成功，顯然他們沒把大仔說的話聽進去，他們想試試慢性自殺是什麼滋味。

當他們把喜帖交給大仔的時候，大仔打趣地說：「我是該包紅包還是白包？還是在紅包上寫音容宛在？」

我呢？

我目前沒有女朋友，交過幾個女朋友，但都沒有論及婚嫁，所以結婚這件事對我來說好像還很遠。

六年前的某一天，我才剛到公司沒多久，內勤的工作才剛要上手，大仔就把我挖到業務部。

他說他閱人無數，慧眼絕對能識英雄，知道我是一個可造之材，其實我自己也這麼認為。

當天中午吃過飯後，他把我叫到吸菸室。

「你叫邱國維，對吧？」他遞了一根菸給我，順勢打開看起來很高級的打火機，叮的一聲，火就遞到我眼前了。

「是，」我急忙點頭，「謝謝經理。」我說，然後點燃嘴裡的菸。

「來多久啦？」

「還不到兩個月。」

「不介意我叫你國維吧？」

「不，不介意，我朋友都這麼叫我。」我說。當時我對他可是畢恭畢敬。

「國維啊，看你相貌堂堂，一定是個高知識份子。」

「不不不，」我搖搖頭，「不是的經理，我不是什麼高知識份子。」

「喔！那正好，我接下來想跟你談的東西不需要高知識。」

「……啊？」

「你知道我們公司是幹嘛的吧？」

「知道，我們是做汽車材料的。」

「你知道全台灣有多少輛汽車嗎？」

「不知道耶。」

「其他大小貨車都不算，光是小客車就有六百多萬輛。」

「呃，這麼多……」

「一年之中，只要有三分之一的車子需要使用汽車材料，你知道這市場一年的消費規模是多少嗎？」

「……不……不知道……」

「六百多萬部的三分之一就是兩百多萬部，這兩百多萬部車，每一部只要花一千塊在汽車材料上，一年至少二十億。」

「呃……這麼多……」

「這二十億的市場，就像是一片大陸在等著你去探險。」

「喔……是……是……」

「拿著我們公司的名片，走出去拜訪客戶的時候，你會有一股驕傲。」

「……驕傲？」

「驕傲你是全台灣最大的汽車材料公司業務，也就是最專業的業務。」

「喔……是……是……」

「有沒有駕照？會不會開車？」

「有……會……」

「好，明天起你就是業務了，一早來找我，知道嗎？」

「……啊？」

一個星期之後，我在會計那邊拿到三盒名片，上面印著我的名字，另外還有四個字：「業務代表」。大仔要我開始負責高雄的業務，所有高雄地區的汽車保養廠、汽車百貨跟大賣場等等都是我的業務範圍。

「衝啊！拿出海賊王的精神！衝啊！」我第一次出門跑業務的時候，大仔在我車窗旁邊這麼喊著。

「……大仔，海賊王的精神指的是夥伴與團隊……」

「是的沒錯！就是夥伴與團隊！我是你的夥伴！但你現在一個人就是團隊了！衝啊！上啊！三刀流魯夫！」

「……大仔……三刀流是索隆……」

「喔！抱歉搞錯了……衝啊索隆！」他說。

後來我才知道，本來負責高雄地區的業務突然離職，沒跟公司說一聲就走了，好像還帶走了很多材料去變賣，似乎是賭博賭到傾家蕩產跑路了。他的客戶似乎也積欠公司一些欠款，為了不讓業務出現斷層，大仔必須快點找個人填補這個業務缺。

而這個人就是我。

>>>上、賊、船、了。

03

大概是我長得比較誠懇的關係，我的業務生涯好像沒那麼難熬。

「你很像我年輕時認識的，住在我家隔壁的阿弟仔，很有親切感。」有位老闆這麼跟我說。

我們公司的客戶大多是保養廠、修理廠、汽車百貨行、汽車材料行，和汽車用品賣場。

一開始不熟練，拜訪客戶的路線總是讓我的路癡症頭從早上發作到晚上，一早八點半排好路線出門，下班回到公司寫業務紀錄時已經是晚上九點。通常整間公司只剩下我跟保全。夜班保全主要有兩個人交替輪班，其中一個比較年輕，他時常在我晚上九點進公司的時候說：「你好辛苦，每天都跑這麼晚，別擔心，有我陪著你，你孤單寂寞的時候可以來找我說說話談談心。」

這話聽起來怪怪的，而且他的音調也有點詭異，所以我一直都只是笑著說謝謝，不敢跟他四目相接。

後來路線跑多跑久了，安排拜訪客戶的行程也就更順暢了。

那個跑路的前高雄業務留下來的客戶群不少，而且他的關係似乎打得不錯，因此當我跟客戶介紹我是高雄區的新業務時，他們通常不會太刁難。

我想這也跟南部人本來就比較熱情親切有關。

有些客戶會問起前一個業務的事，我只會笑著說不認識他，也不太清楚他的事情。大仔有交代，不能跟客戶說業務跑路了，這對公司形象有損。但其實我覺得假裝不知道並不是什麼好方法，因為客戶總是說：「前一個業務的電話都停話了，這肯定有問題啊。」

這時我也只能陪笑，不然還能幹嘛。

當業務真的會讓你的世界變得不一樣，原本你小小的世界會突然間變得寬廣。因為認識的人變多，每個人性格不同，講話方式不同，那些眉眉角角的注意事項也就完全不一樣。

某些保養廠的老闆很酷，進貨這種事情他根本沒在管，你跟他講到嘴巴爛掉他也沒在聽，講到最後他才用很平淡的語氣跟你說：「這些你跟我太太說就好。」一邊說邊指著在辦公室裡面的大姊，然後繼續泡他的茶。

某些老闆則是很喜歡人家拍他馬屁，一定要把他捧上天，他才願意聽你說話。為了拿到這支有發言權的「麥克風」，我使出渾身解數，把他中年發福又雙下巴的身材形容成穠纖合度，瞇瞇小眼又滿是油光的臉形容成年輕的劉德華，然後順便把已經是三個孩子的媽，圓得像小叮噹妹妹的老闆娘形容得像是林志玲姊姊。

「你這馬屁拍得太明顯，我老婆怎麼可能像林志玲。」老闆說。

「呃……不、不會啦……」

「而且你說我像劉德華也不對。」

「啊……」

「我覺得比較像金城武。」他說。

「……」

這些保養廠老闆們大多草莽性格，有點像個老粗，但其實他們就是簡單直接不廢話，摸清喜好之後就得投其所好：有的愛酒有的愛檳榔，你就帶點酒跟檳榔就行；有的愛菸有的愛泡茶，你就得買各廠牌的菸，年節還得送點茶葉。

但更多的是四種都愛的，當然也有除了泡茶之外，菸酒檳榔都不碰的，不過相當稀少就是。

有些老闆會一直拿菸給你抽，你只不過在廠裡拜訪一個小時就抽了快半包，根本就是抽完一根接著一根，好像大隊接力，菸就像接力棒，但只有你跟你的肺在跑。

有些中午吃完飯就開始喝酒了，喝到下午三、四點，整個人臉紅得跟關公差不多，一整個醉到攝氏三十四度的夏天午后他在給你唱 Merry X'mas，還一直跟你說他要去參加超級星光大道。

有些則是一直泡茶給你喝，眼前的茶杯從來不曾見底，你一喝半他就倒滿，你一次喝完他還是倒滿，像寫好的程式，他不會漏倒任何一杯茶。他會講一堆茶經給你聽，說他這茶是標準高山茶，茶醇甘美，喝下去會神清氣爽，精神好到可以兩天不睡覺依然臉色紅潤，只差沒說他的茶葉會唱歌。每次遇到這種老闆我都喝到茶醉，手腳發抖外加晚上睡不著。

儘管每個老闆們的性格不同，但共通點是跟他們做生意比較快速而且愉快，但菸酒齊發比較傷身就是。

相較之下，汽車用品賣場的人不會讓你傷身體，但他們就比較難搞了。

跟我們接洽的汽車用品賣場人員大部分都不太親切，原因不明。

老是板著一張撲克臉，讓人以為他們玻尿酸打太多導致臉部僵硬這樣。

我猜可能是他們受公司規定影響，以及企業嚴格管理所致，他們對於進貨的數量、品質、價格跟銷售量可以說是錙銖必較，還會要求賣不完可以無條件退貨。

對他們來說，我們材料商拿產品擺在他們店裡賣是一種「拜託」，產品賣得好，他們對你就比較有禮貌，產品賣得不好，他們就會東刁難西挑剔，讓你生意很難做。

不過有時候會在他們的賣場裡看見正妹，可以稍稍撫慰一下我被刁難後受傷的心靈。

身為一個業務，被公司要求業績是很正常的。

剛開始業務工作時，我每個月都有做到被要求的業績，但不知道為什麼，到了後半年，我的業績數字不停往下滑，沒仔細看還以為我的業績報表曲線是小朋友畫的溜滑梯。

我請教了其他地區的業務，他們說跑業務就像維持一段婚姻一樣，前面會有一段甜蜜期，然後就會出現陣痛期，再來就是撞牆期，要我別緊張，撐過去就是一片蔚藍的天空。

「你現在還只是在陣痛，但別擔心，撞牆期很快就來了。」他們說。

同樣的問題我也問了大仔，他鎮定地抽著菸，聽完我的問題之後，他迅速地轉頭對我說：

「別怕！我相信你一定可以的！衝啊！三刀流魯夫！」

「大仔，三刀流是索隆……」我說。

「喔……」

我以為我的疑惑可以從他們身上得到解答，就算沒有解答，至少也還有安慰。

但是沒有，他們只叫我等待撞牆。

幹。

後來我發現原來所謂的陣痛期跟撞牆期，其實就跟汽車市場有一樣的頻率，也就是所謂的淡季旺季。秋冬季節是汽車相關業務的旺季，原因是車子的剩餘價值是由廠牌與年份來判定，過了個年就等於多了一個年份，汽車殘值就會下降，於是很多車廠會在年底時推出優惠方案，有換車計畫的人則會在年底前把車子賣了換新車。車子賣得多了，汽車材料的需求自然就會跟著提高。

當然還是有其他影響業績的因素，例如景氣的好壞影響最是直接。景氣好的時候，消費者身上有錢，車子有點問題就汰換零件材料。景氣差的時候，消費者荷包跟著瘦了，填飽肚子比較要緊，車子有問題的話就讓它有問題，還能開就好，等到車子開到快爆炸了才要修要換的大有人在。

有時候新產品出來了，上面就要我們盡全力塞貨到通路，大量陳列，大賺新鮮貨的錢。有時候產品問題很大，通路反應消費者的負面意見回來，我們就是站在第一線被客戶砲轟的人。

當然每一行都有自己的心酸啦，只是酸的地方不一樣而已。

有一次因為身體疲累去按摩，按摩師父一邊按一邊跟我聊工作，就在時間快到的時候他問我：「有沒有哪裡比較痠痛要加強的？」

我說：「有，心酸。」

這話引來他一陣哈哈大笑，「先生，心酸我按不到喔。」

這一行做了五、六年了，也不是說做得多好多行多厲害，只是很多事情做久了，狀況遇得多了，也就漸漸習慣了。

但是就在幾個月前，大仔有些反常地叫我進他的辦公室，通常他有事都會在吸菸室告訴我。

「國維啊，你這幾年在高雄的業績相當不錯。」一開口就稱讚我，有鬼！

「五年前臨時把你從內勤挖到業務部門來真的是挖對了！」哎呀！我有種不妙的感覺。

「做了這幾年，你的業績和對客戶的服務，我跟公司都看在眼裡，覺得非常讚賞！」糟了！

「考慮到台北的市場比高雄大得多，我需要你去台北幫公司開創更大的業務版圖。」幹！果然！

「你願意去嗎？我相信你一定可以辦到的！」大仔激動地說著。

過了十秒鐘，我沒說話，大仔一臉堅定的表情，等待我的回答。

「讓我猜一猜，阿順跑路了對嗎？」我說。阿順是台北地區的業務。

聽了我的話，大仔突然像是洩了氣的皮球，「對，他股票投資失敗跑路了……」

「幹！」我在大仔的辦公室大叫，「這年頭跑路的人比上班工作的人還多！」

「你真是冰雪聰明的魯夫！這聲幹真是撼動天地！」

「為什麼都是我在接這種鳥攤子？」

「因為你是我手上最強的業務，公司已經答應我替你爭取的條件，每月薪水多五%，台北捨你其誰！」

「捨我其誰？能不能捨我就好，別騎我了，好嗎？」

這時，他擺出一個既堅定又無辜的雙重表情看著我，我猜就算是奧斯卡影帝都不一定可以同時詮釋這兩種情緒。

「至少讓我考慮考慮吧，大仔。」過了一會兒，我回答。

「可以，當然可以！」

「多久時間要回覆你？」

「大概五分鐘……」他說。

「啊？」我又叫了一聲。「五分鐘？」

「因為我跟公司說你大概有九十五%的機率會願意接……」

「大仔，這等於是在強姦我！」

「不，這是在拜託你。」

「拜託我讓你強姦……」

「喔不！別這麼說。」

「好吧，」我點點頭，「但是先說好！我只是先去頂一下而已喔！你要快點找人來接，台北我人生地不熟的，而且我不喜歡那裡。」

「好！沒問題！明天就請會計部去刊登徵人廣告。」

「那我高雄的業務怎麼辦？」

「我幫你頂著！」

「那你為什麼不自己上台北頂著？」

「在我眼中，你是我手上最強的業務，這些年來，我把你栽培成一個出色的人才，我理所當然要把全台灣最好最大的市場留給你，台北捨你其誰！」

「好啦好啦你不想去我知道啦，別廢話了……」我說。

只見大仔對我比了一個「耶！」的手勢，還一邊裝可愛。

沒多久後，我拎著大行李箱跟兩個大背包，開了四個小時的車，終於抵達了台北。

迎接我的不是午后溫暖的陽光，而是飄著雨冷颼颼的天氣，還有一個騎車不看後照鏡不打方向燈就左轉的道路最強生物：無敵歐巴桑。

幹！

最好是捨我其誰啦！

>>>請叫我收爛攤、擦屁股達人。

04

因為公司在高雄，其他縣市沒有分公司，所以公司同事大多都是南部人。為了便利外派的業務，公司在台北、新竹、台中、嘉義都各租了一間套房，供被派駐該地區的業務使用，算是一種生活補貼。

這算是公司的德政，比起其他規模不夠大，要業務自己租房子的公司，我們算是值得羨慕的了。因為這幾年景氣不太好，物價又一直漲，要是業務業績不太好，拿不到獎金，又得再拿薪水租房子的話，那八成活不下去，不然就是兩個月瘦十公斤，省吃儉用到得厭食症之類的。

也就是因為這次的調職，我才認識了辭海，一個我這輩子最特別的朋友。

是的，辭海，這是個人名，不是字典的那個辭海，雖然字都一樣，但他真的就叫辭海。

辭海其實就是房東，他有一幢透天厝，公司跟他分租了一間套房。

但他其實一點都不像房東，反而像個朋友，一個好朋友。

就如同他對我說的：「國維啊，你不像個房客，像個朋友。」

路癡症頭在我一到台北時就發作了，沒想到車上的導航也莫名其妙帶我走奇怪的路，下錯交流道碰到無敵歐巴桑就已經很幹了，導航一直在「路線規畫中路線規畫中路線規畫中」，持續跳針跳到讓我在車陣當中一邊開車一邊飆髒話。

對了，我並沒有撞到那個無敵歐巴桑，在她開啟「無敵模式之路是我家開」那當下瞬間左轉時，我就已經預測到她會這麼做了，所以我先煞好車等她通過，但她似乎被自己的行為嚇到，當她眼角餘光瞄到我的時候，她的無敵模式失去作用，開始亂甩她的機車龍頭，一陣蛇行之後，倒在我車子的左前方，但只有她的機車倒了，她人扶在我的引擎蓋上面。

我在車裡面聽到她叫了一聲「哎唷喂呀驚死人」之後，就再也沒有聽到她說第二句話了。沒有，沒有，連一句「金拍謝碰到你的車」都沒有，她就扶起摩托車騎走了。走了耶！她就這樣哎唷喂呀驚死人之後就走了耶！

好吧，算了，話題回到那台該死的導航。

歐巴桑的「哎唷喂呀驚死人」依然在我耳邊像回聲一般嗡嗡作響著，我順著導航的引導經過一間加油站，但它好像當機一樣又重新規畫路線，等它規畫好了，叫我在前方兩百公尺右轉，轉了之後它又跳針回路線規畫中，然後又叫我兩百公尺右轉，轉了又跳回路線規畫中。

幾個轉彎之後，我又看見那間加油站了。

幹！

幾經波折，導航終於把我導到了目的地，時間已經接近傍晚。

我拿起記事本，翻出裡面的房東電話，當我看到電話號碼旁邊寫著「辭海」兩個字時，突然有種奇怪的感覺。

「辭海有電話號碼，那聖經應該也有吧？」我心裡這麼嘀咕著，然後我哈哈大笑了起來，覺得自己真是幽默。

撥了辭海的電話，他沒接。

我傳了訊息給他，說我是來接台北地區的業務，人已經到了。然後我又繞了十分鐘才找到停車位。

因為車子停得有點遠，我拖著大行李箱，揹著兩個大背包走了好一段路。還好今天不上班，我沒穿西裝打領帶，只穿著輕便的長T恤加運動外套，而且毛毛細雨已經停了，不然看起來一定像個東西賣不出去又淋雨淋得很可憐的推銷員。

那棟房子在一條T型巷的巷子底，對面是一片小山坡，房子三樓高，看起來很老舊，大概有二、三十年了吧。

像是左右鄰居都說好了一樣，整排三樓高透天厝的每個住戶都在門口擺了盆栽。剛走進巷子就聞到陣陣花香，轉個彎看見一整排的植栽，加上小山坡上的大片綠樹，感覺自己好像不是身在台北這個繁忙的城市，而是在某個與世隔絕的村落。

而我將要住進去的地方，是唯一一戶門口沒有植栽的房子。這看起來很突兀，像是一群人當中有個光頭站在那裡。

因為跟之前的台北地區業務阿順不熟，只在吸菸室跟公司倉庫外面聊過幾次天，知道他年紀大我四、五歲，在公司已經待了十年，是個很有經驗的老業務了。

不過因為他的業務區域在台北，只有在每個月業務會報的時候才會到高雄開會，我見到他的次數不多，也鮮少說話，再加上他現在跑路了，我也就沒有機會先問問台北的狀況跟注意事項。

不過印象中有聽他說過房東是個很奇怪的人。

「他會在你第一天到的時候大聲跟你說：歡迎光臨！」我記得阿順說過這話。當時我只覺得這房東很有趣。

「很有趣啊，這房東。」我說。

「不，那不是有趣，你用錯形容詞了，那是奇怪。」他說。

「會嗎？我們去便利商店的時候也會聽到歡迎光臨啊。」

「但他是房東，不是便利商店店員。」

「意思差不多啊，只是他賣的是住的地方而已。」

「如果你有機會住住看就知道了。」我還記得阿順一邊挑眉一邊露出帶著狡詐意味的笑，這麼對我說。

直到我真的站在這幢房子的門口，我開始知道為什麼阿順會說辭海很奇怪而不是有趣了。

房子的大門是一道米白色的電動無聲捲門，連接捲門左邊有扇木製的門，那門看起來很厚重。門上面有個小小的，大概三十公分左右長寬，有點斑駁鏽痕的小招牌，就是那種裡面有燈管，會發光的。上面沒寫字，只有一顆牙齒。

對，就是牙齒。那是個後排臼齒的形狀。什麼樣的怪人會在自己家外面掛一個招牌，上面還弄了顆牙齒呢？

或許你會以為我看錯，我也以為我看錯，但我就站在那招牌下方，它真的就是個牙齒的輪廓。

我不禁聯想，房東會不會是個牙醫呢？以前這裡是不是牙醫診所呢？如果是牙醫診所的話，怎麼會開在這麼市郊的地方呢？我再一次環顧了這條T型巷，打從心裡覺得這裡真的不是開牙醫診所的好地方，而且整排透天厝就只有這裡有招牌，看起來非常突兀。

不過開診所的又不是我，我只是來暫住的，只要有住的地方，不會風吹雨淋，房間不要太骯髒老舊就好，等到新的業務來接手我就要閃人了，管他那麼多。

我在那個牙齒招牌的下方看見一個鋁製信箱，下方還有一顆紅色的按鈕，上面有張小標籤寫著：「我是電鈴，但我壞了。」

好吧，再撥一次房東的電話，但他還是沒接，響了十幾聲後轉進語音信箱。

索性我留言給他，如果他沒看見前一封訊息，那希望他能聽到我的留話。

偶有鄰居經過，有些騎車有些散步著。

他們總會看一看我，然後表情好像了解了什麼一樣地離開。我猜他們應該看得出我在等這間房子的主人幫我開門。

我靠坐在巷道邊邊停滿的那排機車上等了半小時，因為是冬天的關係，天黑得特別快。

那顆牙齒亮了，路燈也亮了，氣溫下降了，我的運動外套好像有點不夠厚。

肚子咕嚕了幾聲，看看時間，五點半了，如果還在當兵的話，現在已經在吃晚飯了，但我早就退伍，而且這裡人生地不熟的，我也不敢亂跑去找飯館，再加上車子停在十幾分鐘腳程之外的地方，隨身行李又這麼多……

感覺自己有些疲累，「好吧！等到六點，他再沒回電話，我就去找間汽車旅館休息了。」我心裡這麼盤算著。

才剛想完，那扇沉重的木門就被打開了，一個年紀大概跟我差不多的人走了出來，一身紅白相間的運動服，穿著非常休閒。

他戴著一副眼鏡，頭髮有些凌亂，但亂得還滿有型的就是了。身高大概跟我差不多，但比較瘦一些，有些鬍碴散佈在他的臉上。

他打開信箱拿出裡面的信件，然後關上，同時他眼角瞥見我就坐在對面，我距離他大概四公尺不到的距離。

我站起身來，對他點了點頭，表明了公司名稱和身分，「你好，我叫邱國維，暫代台北區的業務，這陣子要打擾了。」

「咦？你什麼時候到的？」他問。

「呃……大概四、五十分鐘前，我有打電話給你，但你沒接。」

「啊，我在工作時是聽不到電話聲的。」

「喔，原來。」

「你可以按電鈴啊，有人按電鈴的話，我的工作室有燈會閃。」

「電鈴？」我有些錯愕，「電鈴上面寫著它壞了。」

他看了那張標籤一眼，然後很輕鬆自然地笑著說：「現代人愈來愈死板了，電鈴沒壞，那只是我的幽默感。」

「……」我無言以對，誰會知道那是什麼狗屁幽默感啊？

「來吧，我帶你去看房間。」他招招手說。

拎了行李，我跟著走進屋子。

阿順騙人，他沒有說「歡迎光臨」。

＞＞＞幽默感個屁！

05

其實我曾經羨慕過駐外地的業務，有一種隻身在外單打獨鬥的特殊美感，也有享受孤單跟寂寞做朋友的滄桑感。

尤其是台中地區的傑克，他長得有點帥，身材很不錯，像個型男。

傑克姓杜，本名就叫傑克，但這是他自己改的名字，他說改名之前他的名字非常普通，普通到他自己都受不了，問他舊名叫什麼，他死也不說，於是我們都在猜，可能叫志明或家豪之類的。

在所有業務當中，我跟傑克比較有話聊，大概是頻率相近吧。

傑克說一個人離鄉背景在外地當業務，工作順利的話就很好，一旦閉門羹吃多了，挫折感會比較大，但相對的磨練就比較多，長大得比較快，也比較堅強。

他說他剛到台中時，沒親沒戚沒朋友，客戶難搞、業務量差，感覺自己跟全世界格格不入，帶著疲累的身軀和沮喪的情緒，拎著公事包回到車上，車門一關，瞬間整個世界都安靜了。要不是車子停在路邊，有很多人車從身邊經過，不然還真有那種全世界就只剩下自己一個人的感覺。

「有那麼一陣子，我覺得一個人開車的時候是最適合崩潰的時候。」他說。

我猜，他說的是孤單寂寞吧？

雖然我也是業務，但我的體會好像沒有他那麼多，不知道是我神經比較大條還是他這個人太纖細。

我家住高雄，我的朋友大部分也都在高雄，下班回家就可以看到我爸我媽還有我妹，我的生活很一般，和其他人好像沒什麼不同。如果硬要說我感到孤單寂寞是什麼時候，那大概就是很久沒交女朋友了吧。

「如果哪天我被派到外地，我會不會也覺得一個人開車時很適合崩潰呢？」我心裡這麼想過。但也只是想過。

誰知道這件事竟然成真了。

我跟在房東後頭，走進那間屋子，第一眼看見的是車庫，有一部小機車跟車子停著，小機車有點舊，車子用車蓋布蓋著，看不出是什麼車。

車庫後面是個玻璃門，房東拉開玻璃門走進去，我拎著很重的行李跟在後面，走過一個看起來像是客廳的空間。從木地板和藏在天花層板裡面的橙黃色燈光可以看得出來，這是經過裝潢的房子，但客廳裡沒電視也沒櫥櫃，就只有一組沙發跟一張長方形的茶几，牆上掛著幾幅風格有點抽象派的水彩畫。

客廳後方是樓梯，樓梯旁邊有間浴廁，再過去一點有個不小的廚房，燈光明亮，看起來很乾淨。

我跟著房東走上二樓，行李的重量讓我開始有點喘不過氣。

二樓的空間分成前後兩個部分，房東說前面是我的房間，後面是他的儲藏室。

「這個儲藏室裡面有我的收藏，沒有我的同意請不要進去。」

「喔，好。」我點點頭。

「前面是你的房間，那是個套房，裡面該有的都有了，不該有的也有。」房東說。

「啊？不該有的？是什麼？」

「鬼。」

「啥？」

「有鬼。」

「有鬼？」

「哇哈哈！」他笑了出來。

「……呃……這……」

「開玩笑的啦！」他拍了拍我的肩膀，「有鬼的房子我怎麼敢租給你們公司，連我自己都不敢住啊，這只是我的幽默感啦。」他說完又笑了幾聲。

幹！這是三小幽默感？

「喔……是……是……還滿幽默的……」我苦笑著說。

「你上一個同事阿順剛來的時候我也這樣跟他說，但他完全沒有被我嚇到，一點都不好玩。」

「是喔，他膽子比較大吧我猜。」

「你膽子比較小嗎？」

「還好吧……就一般般……」

「你會怕鬼嗎？」他接著問。

「是不會怕啦，只是……」

我話還沒說完，他就立刻接著說：「好！不會就好，晚上聽到怪聲音時冷靜點就好了。」

這時我們安靜了五秒鐘，他看著我，我看著他，他臉上沒有表情。

「所以現在是什麼情況？」我滿頭霧水地問。

「沒什麼情況，就不用擔心，不會怕就好，會怕的話也沒關係，因為我有在裡面擺了幾張符。」

「擺……符？」

「符在枕頭底下，需要的時候拿出來用。」

「拿出來用？」怎麼用？我又不是道士！

「對，拿出來用，記得要唸急急如律令。」他的表情非常認真。

接著又是一陣沉默，我看著他，他看著我。

「如果……我沒猜錯，這也是……你的幽默感？」

「哇哈哈哈！」他大笑，「對啊！你習慣得很快啊！哇哈哈哈！」

「真的很幽默，哈哈。」我陪他乾笑了幾聲，心裡也罵了幾聲幹。

笑完了以後，他迅速收起笑容，像是他的表情是由某種系統控制的，按鈕一按就笑，一取消指令就停這樣。

接著他指著天花板說：「我住樓上，有事可以上去叫我。」

「好，謝謝。」我把行李擺在房門口，對他點點頭。

「家事阿姨已經換過床單跟被子了，是乾淨的。」

家事阿姨？他還有雇用家事阿姨啊？

「還有一件事要先提醒你。」

「請說。」

「你房間裡面的浴室有個電熱水器，它有時候心情不好，水就會很燙，心情好時，水就不會熱，如果你不喜歡它，可以到一樓去洗澡。」他說。

「啊？什麼意思？」

「就是它忽冷忽熱的意思。」

「是壞了嗎？」

「沒壞，它只是比較任性。」

「任性？」

「都是這樣的啦，熱水器跟人一樣，難免有心情起伏。」

又來了，幽默感是嗎？

「也對，就像車子也會耍任性一樣，有時候好好的，有時候就給你故障這樣。」我說。先下手為強，免得又被他將軍。

「那是車子壞了，不叫任性。」他說。

「……」

幹……

「對了，希望你喜歡吃披薩。」

「披薩？」

「是的，我剛剛叫了披薩，本來是分成晚餐跟消夜吃的，現在你來了，就一起吃吧。」

「喔，謝謝，但是不用了，我自己去外面吃就好了。」

「這附近沒什麼吃的，最近的麥當勞也要十幾分鐘車程。」他說。

我心想，這裡的路我不熟，肚子也餓了，就不跟他客氣了。

「好，披薩我喜歡，就謝謝你了。」

「不用謝，披薩一共五百多塊，等一下你要付一半。」

「喔！那當然！」

「哇哈哈哈哈！」他又大笑了，「我開玩笑的啦！我請你吃，不用付錢！」

說完他就往三樓走了，留下我呆站在房間門口。

「啊，你剛剛說你叫什麼名字？」他踩了兩個階梯之後，彎著身體問我。

「我叫國維，邱國維。」

「喔！國維你好，希望你在這裡住得舒服開心。」

「謝謝，房子很好，房間也很棒，會很舒服開心的。」

「我叫辭海，你叫我辭海就好了。」

「好，辭海。」

「你也可以叫我肉包。」

「喔！好，肉包。」

「漢堡也可以。」

「呃……漢……」

「不然西瓜也ＯＫ。」

「……」

「不喜歡西瓜？」

「啊……不……不會……」

「那換甘蔗吧。」

「……這是幽默感嗎？」

「不是。」他嚴肅地說。

「喔！抱歉。」

「這是自我介紹。」

「是，但稱呼好像有點多。」

「那你自己選一個吧。」

「選一個？這……我有點難選……」

我話還沒說完，他就一步兩階地往樓上走了，「等一下披薩來了我會叫你。」他說，說完就消失在樓梯的盡頭。

從見到辭海到現在，所有的對話都讓我有一種莫名其妙的感覺，這個人說話的方式好像不太像一般人，跟他對話我要花比平常更多的時間去思考消化，尤其是他的幽默感，感覺以後跟他說話心臟要很有力才行，不然不是被嚇死就是被氣死。

我把行李拿進房間，迅速地擺放妥當，然後很快地洗了個澡。

辭海說的是真的，這個電熱水器還真的很任性，水溫忽冷忽熱的。

就在我吹頭髮的同時，我想起他說的符。

「該不會真的有符吧？」我心裡這麼疑惑著。

頭髮還沒吹乾，我就摸到床邊把枕頭拿起來翻找，什麼也沒有。

疑心病這時還沒完全消弭，我還趴到床底下，瞧瞧有沒有符貼在床板底或是床頭櫃後邊之類的。

嗯，還好都沒有。

那應該就沒有鬼了，是吧？

> > > 這是什麼奇怪的人啊！

06

我在房間裡待到八點半，肚子餓得都說不出話來了，血醣偏低讓我整個身體開始不自覺地發抖。本來我還以為是天氣太冷才會發抖，但冷氣旁的溫度計顯示現在室溫二十一度，我才會意過來：「真的是餓到發抖。」

房間很舒服，電視大概是四十吋的，很大。

沒意外的話，床也是King size的，我在上面滾了兩圈半還沒掉下去。被單是藍色跟灰色相間的花樣，衣櫥跟我家裡的一樣大，一個木做的長桌大概可以擺三部筆記型電腦。這房間給人感覺非常好，硬是要挑剔的話，就只有那個會耍任性的熱水器而已。

但房間再怎麼舒服，也沒辦法解我的飢餓。

我電視看到不知道要看什麼，電影台播的電影都看過了，新聞台的新聞一天都晚都在重複。一個不小心轉到介紹美食的節目，而且介紹的還是我非常喜歡的日本料理，主持人很夭壽地在攝影機前晃動那晶瑩剔透的炙燒鮭魚握壽司，再配上他又哎又叫的誇張音調，要不是口水可以吞下去，我懷疑當時可能會被自己的唾液淹死在房間裡。

本來真的應該要等辭海叫我的，畢竟才剛到人家家裡住下，第一天就上樓討東西吃，感覺挺沒禮貌的。但我真的是快餓死了，要不是人生地不熟，我早就自己出門吃飯去了。

我打開房門，走上樓梯，到三樓的樓梯盡頭有扇門是關著的。

我敲了敲那扇門，問了幾聲：「房東？辭海？在不在啊？」但沒人回應。感覺這扇門比一樓的大門還要厚重，大概要拿機關槍來掃射才會打得破。

那門上有個門把，看起來很堅固，跟一般的不一樣，是個圓柱形的長把手，大概有十五公分長。我把把手向上拉，沒反應。再往下壓，還是沒反應。我放大了膽子，用力一壓，門呼的一聲，開了。

門一開，我就聽到一陣音樂的低鳴，像是有個樂團在一個隔音很好的空間裡演奏一樣。

把門推開之後，跟二樓一樣，空間分成了前後兩個部分，用一條走廊連接著。

特別的是，前後兩個空間都是用木頭隔出來的，像是在水泥房子裡再蓋兩座小木屋。

前面的部分我又看見兩道門，後面也有一道門。

那門的樣子跟我剛剛打開的一模一樣，連門把也相同。後面的門旁邊有個樓梯可以通往頂樓。

兩個空間中間有個大概兩三坪大的小空間，有一架鋼琴倚著牆，靜靜地站在那兒，鋼琴旁邊有三把吉他，靠著一個吉他架子站立著。吉他旁邊還有一些看不出來是什麼東西，樣子像是ＤＶＤ播放器的儀器放在層架上。

連接兩個空間的走廊兩側牆上有幾盞蘋果燈，天花板裡也有藏著的層板燈，整個空間的感覺很明亮。我往前走了幾步，前面那一部分的空間有左、右兩道門，但只有左邊的門上面有個圓形的透明玻璃，裡面一直有音樂聲傳出，聽得出來是一首非常搖滾的歌曲，但那聲音悶悶的，像是那些激動又發狂的音符被什麼東西隔絕在裡面一樣，只露出了那麼一點點低鳴聲。

我從那透明玻璃看進去，辭海坐在一張像是董事長才有的椅子上，他的面前有個儀器，儀器上面有好多按鈕，要不是兩側還有看起來很高級很專業的音響，我會以為他正在駕駛太空船。

重點來了！他的後面有一組沙發，還有一張跟一樓一樣的長型茶几。那茶几上面有我等了很久的披薩！還有已經流汗的百事可樂！

我的理智線像是斷了一樣，不管三七二十一，我用力壓下那沉重的門把，裡面正在發狂激動的音樂立刻就從縫隙中衝出來，我這才知道這個空間的隔音效果有多好。門一打開，辭海立刻就轉頭看我。

我手握著門把，先看了他一眼，又看了披薩一眼。他很快地把音樂聲關到極小，即便如此，這空間裡除了音樂之外，再也沒有其他的聲音。

我也不知道該不該說話，只是怔怔地伸出右手指著披薩。

「對不起！」辭海立刻站了起來，很大聲地說：「我忘了把披薩拿給你了！」聽到他突然有點歇斯底里的聲音，我的飢餓感好像就不見了。

「呃……是我對不起啦，沒經過你同意就直接開門進來，很抱歉。」我說。

「是我對不起啦！是我忘了，你一定很餓了吧，抱歉抱歉！」他說。

他一邊說一邊把披薩整盒拿給我，還把已經喝了半瓶的百事可樂直接塞到我的胸前。

「抱歉喔！我好像打擾到你了。」我說。

「不，沒有，是我抱歉，我忘了叫你一起上來吃晚餐，你就坐在這裡吃吧！」他指著沙發，「我剛剛還在想，好像有什麼事沒做，原來就是忘了叫你啦！」他的表情滿是歉意。

「沒關係沒關係。」我坐了下來，「這披薩多少錢，我等等拿給你。」

「喔，大概三千八吧。」

「三千八？」我聽完嚇了一跳，但隨即看見他臉上的表情從剛剛的充滿歉意轉變成奸詭的樣子，「幽默感，是嗎？」我說。

「哇哈哈哈哈！你反應很快耶！」他說。

「啊哈哈……」我乾笑了幾聲。

「錢不用付啦！你趕快吃吧！」

「謝謝，那我就不客氣了。」

我把披薩盒打開，裡面的披薩只剩下一半。

他熟練地把那沉重的門關起來之後，轉頭對我說：「你慢慢吃，我先把工作做完，但聲音可能會有點大喔。」

「沒關係，我喜歡聽音樂。」我說。

「對了，有句話忘了跟你講。」

「什麼？」

「歡迎光臨！」他張開雙手大聲地說。

「呃……喔！謝謝！」我笑著點點頭。原來阿順講的是真的。

「雖然我不知道你會住多久，但從今天開始，我們就要同居了。」

「同居？」

「對啊，同居。」

「不，你是房東，我是房客，這不算同居吧，頂多像是……室友？」

「嗯，同居的室友。」

「呃……這不是一樣的意思嗎？」

「對啊，是一樣的意思啊，所以同居跟室友是一樣的啊。」

「啊……」

「所以，同居人，你慢慢吃，我先做完我的工作。」他說。

我本來想問問他的工作是什麼，但他話才剛說完就立刻轉動一個鈕，我瞬間被音樂淹沒，像是無形的海嘯把我沖走一樣。

辭海非常熟練地操作著那部儀器，音樂從兩側的音響源源不絕地衝出來，如果這時閉上眼睛仔細聆聽，大概會有那種在演唱會現場的臨場感，只是少了持續尖叫的歌迷。

不一會兒，我吃完了披薩，喝了幾口百事可樂，那極有穿透力的電吉他跟爵士鼓的聲音持續地攻擊著我的耳朵和感官，演唱者是個男生，從他的演唱技巧跟穩定度可以感覺得出來，他一定是個歌手，只是我聽不出來這是誰的聲音。

我的身體不自覺地跟著音樂節奏晃動，像是被什麼遙控了一樣。

也不知道過了多久，音樂聲停了，我才真正地清醒過來。

坐在那把董事長椅子上的辭海緩緩轉了一百八十度，面向我，只問了我一個問題：

「如果剛剛那首歌是一張專輯的主打歌，你會買嗎？」

「會！」我毫不猶豫地說。

「嗯，可惜它不是，哈哈！」他說。

習慣

我們這一輩子可能會愛上好多人，

但也可能只會愛上一個人。

這好多人跟一個人會不會就包括在那兩萬人或四萬人裡面？

其實我們不可能有答案。

說不定就真的遇見了，

也說不定一輩子都遇不到。

07

辭海是個音樂人。

說得更清楚一點，他是個作詞作曲人。

我吃披薩喝百事可樂的地方就是他的錄音室，我看到的那些儀器跟樂器都是他的生財工具，錄音室對面的配唱室裡面還有一組爵士鼓，他說他會鋼琴會吉他，但爵士鼓一直學不好。

說完他就打了一段鼓給我聽，感覺很厲害，但我聽不出來那到底是好還是不好。

市面上有好多歌手都已經唱過他寫的歌了，去ＫＴＶ點歌時會看見他的名字出現在作詞或作曲後面，或是詞曲都包辦這樣。

也就是說，我住在一個感覺離現實世界很遙遠的人家裡。

他是我室友。我跟他同居。

正常來講，所謂的音樂人跟一般人是有一段距離的，而且這段距離還不小。

正常人的工作無非就是大家都能想得到的，或是自己正在做的那些，舉凡上班族啦、工程師啦、百貨公司專櫃啦，或是跟我一樣當業務員之類的所謂三百六十行這樣。

當你認識一個新朋友，他跟你說他是個上班族，你的反應應該就是：「喔。」

當你認識一個新朋友，他跟你說他是個工程師，你的反應也應該就是：「喔。」

當你認識了我，我跟你說我是個汽車材料廠的業務，你的反應八成還是：「喔。」

不是看不起這些工作，而是這些工作很稀鬆平常，所以反應自然平淡。

但如果你認識了一個新朋友，他跟你說：「拎杯是寫歌的。」

我猜你的反應八成是：「寫歌？真的嗎？好特別喔我的天！你寫過什麼歌？誰唱過你寫的歌？」

當然那個「拎杯」是我自己加的，請原諒我是個粗人。

因為比起其他行業，做音樂的人相對來說比較少，而且那圈子不常在一般人的生活當中出現，所以感覺上就比較特殊。

「特殊個屁！我們還不是一樣要大便！」這句話是辭海說的。

「其實我們這種人就像是公車或捷運上那些治痔瘡的廣告一樣，一直出現在你們的生活中，你們三不五時就能看到，卻都以為自己離痔瘡很遠而已。」這話也是辭海說的，聽完之後我在心裡咀嚼了一番，感覺好像有點懂又不是很懂。

「糟了！」我心頭一驚，「原來我現在跟痔瘡住在一起！」我驚呼著。

「……」

「辭海，你這是何苦？為什麼要把自己比喻成痔瘡呢？」

「幹！我不是那個意思！」他咆哮著。

那天我跟他聊天聊得很晚，感覺像是認識了很久的朋友，只是以前都沒說話，現在一次要把它講完一樣。也不知道他去哪裡生出來一堆啤酒，喝完之後他說他還有威士忌，好像不喝醉他不死心。

他年紀跟我一樣大，都是三十歲。

但當我跟他說「咦？真的嗎？你跟我一樣大耶」時，他愣了一會兒，接著站起身來拉開皮帶，做出準備脫褲子的動作。

「幹！我不是說那個！而且我也沒有要跟你比大小的意思！」我連忙阻止他。

辭海說他小時候跟音樂沒什麼緣分，也沒什麼在聽。同學們都在瘋偶像歌手的時候，他在瘋漫畫，他曾經希望將來自己的工作跟漫畫有關，就算是到漫畫出版社工作也可以，他壓根沒想過自己後來會走上音樂這條路。

我也是，我曾經只想當個平凡的上班族，而且最好是公務員，每天待在辦公室就好。但現在呢？我是個到處亂跑、居無定所的業務。

「好像大部分人的工作都跟自己本來設想的差很多。」我說。

「所以人生才有趣啊。」他說。

是啊。就是這樣人生才有趣啊。

不然都跟計畫和想像的一樣，多無聊啊！

辭海本來對音樂一點興趣也沒有，也不知道自己有多少音樂天分，「要不是我舅舅的影響，他堅持讓我去學音樂，我現在可能是路邊的流浪漢，或是吃飽沒事幹的流氓。」他說。

辭海的爸爸是個遠洋漁船的船長，媽媽是個家庭主婦。

他說早期遠洋漁船是個很賺錢的行業，跑船的人在銀行裡都有一筆金額不小的儲蓄，「因為一年四季都在海上漂，回到陸地之後來不及把錢花光又要出海了。」辭海打趣地說著。

「你的本名真的就叫辭海嗎？」

「對啊。」

「誰取的？」

「我爸。」

「怎麼會取這名字？」

「我媽要臨盆時，我爸人在海上，我滿月了他才回來，一回來就很急著要替我取名字，拿著辭典一個字一個字看，取了幾十個名字好像都不怎麼喜歡，後來看到封面寫著辭海兩個字，我爸就決定用這個當我的名字。」

「為什麼？」

「因為這兩個字包括了所有的字啊，所以我等於包括了所有的人事物啊。」

「原來有這種意義啊。」

「其實我不覺得有什麼意義。」辭海說。

升國中那年，辭海的爸爸去世了，船公司說他爸爸的船沉了，發出求救訊號的時候，距離他們最近的船是一艘貨輪，但當貨輪趕到沉船地點已經是四個小時之後的事了，有幾個船員獲救，他們說船長跟著船沉下海了。

船公司拿了一筆保險費給他們之後就沒再出現過。他參加爸爸的葬禮時完全哭不出來，因為那棺材是空的。他從小到大跟爸爸聚少離多，所以爸爸不在家對他來說是非常正常的事。「我覺得他應該還在海上漂吧。」他說，語氣聽來很是輕鬆。

爸爸去世之後兩年多，他媽媽就改嫁了。

辭海說當時他完全無法接受媽媽嫁給別人，但長大之後才了解，其實這很正常。

「爸爸長年跑船，跟媽媽沒在相處，兩個人的感情早就沒了，所以我當時不能原諒我媽其實是錯的，我等於是在要求她一個人孤單地過下半輩子。」他說。

原本他媽媽要帶著他一起改嫁到繼父家，但他那時候是國中生，正值叛逆期，說什麼也不願意。他媽媽不放心，就把他託付給自己的弟弟，也就是辭海的舅舅。

「那你媽媽現在呢？」我問。

他看了一下手錶，晚上十點多，「現在喔，她差不多要睡了吧。」

「幹……我是說她近況好嗎？」

「應該很好吧。我跟她一年見一次面，都在除夕那天中午。」

「喔。」

「有時候我會想她，但也只是有時候。」辭海說。

辭海的舅舅是個標準的音樂人，從年輕的時候就開始玩樂團，辭海說，在三十幾年前那種年代玩樂團的人很屌，很屌，非常屌，屌到一個不行。因為他一直重複「屌」這個字，而且一直比出大拇指，所以我明白他要形容的是當年的樂團有多屌，只是我沒辦法理解那樂團到底屌到怎樣一個不行的地步，因為我不是音樂人。

「我舅舅太愛音樂了，愛到忘了談戀愛，也忘了結婚，所以他乾脆把我當成他的小孩一樣栽培。」辭海說完便指著他錄音室裡的樂器，「如果沒有我舅舅，我對那些琴真的一點興趣也沒有。」

「現在呢？現在還是沒興趣嗎？」我好奇地問。

他聽完笑了出來，「早就跟興趣無關了，彈琴對我來說是不是興趣早就不重要了。」

他喝了一大口啤酒，用力吐了一口氣，「因為那已經變成我的一種反射動作了。」

「你這裡有鋼琴也有吉他，你比較擅長哪個？」

「呃……」他皺了皺眉頭，思考了一會兒，「吉他。」

「所以你鋼琴比較弱？」

「不，我其實是先學鋼琴的。爸爸去世那年我十二歲，舅舅把我帶去一個很凶的鋼琴老師那兒學琴，學了六年，舅舅才開始教我吉他。」

「鋼琴老師好像都很凶？好像很多都用筆在敲人手指頭的。」

「何止！」他瞪大了眼睛，「她不是用筆，是用棍子。」

「用棍子敲手指頭？」

「對！敲到都瘀血了還是繼續敲，」他用力地點點頭，「她非常凶！我怕她怕得要死，在她那兒學了六年琴，我看到她乳溝的次數比看到她笑的次數還要多。」

「……這是什麼爛比喻？」

「這是很好的比喻啊！連看到乳溝的次數都比看到她笑還要多，你看她有多凶。」

「所以你很常看到她的乳溝？」

「一次。」

「一次？」

「對，一次。」
「所以你等於沒看過她笑？」
「對啊。」
「……幹！那你就說你沒看過她笑就好啦！扯什麼乳溝啊！」
「這是我朋友教我的，他是個寫小說的，也常幫我寫詞，改天介紹你們認識。」
「你還認識寫小說的？」
「是啊。很奇怪嗎？」
「寫小說跟寫歌的會有什麼關聯嗎？」
「本來是沒關聯，我也不知道為什麼突然間就跟他有關聯了。」
「所以她的乳溝好看嗎？」
「呃？」
「啊！說錯了，我是說他的小說好看嗎？」
「很不錯啊！」
「他叫什麼名字？」
「阿尼。」
「阿尼？這是什麼爛名字？」

「我也覺得這名字很爛。」他喝了一口啤酒，酒從唇縫裡漏了一些出來，滴在他的衣服上，感覺他有點醉意了，「對了，阿尼就住在這附近，離這裡大概十幾分鐘就到了。」

「什麼地方？」

「暮水街。」

「喔——就是暮水街啊！」我刻意拉長音，「我不知道在哪裡。」

說完我們一起哇哈哈哈哈地大笑了起來。

我好像也有點醉了。

「哪有什麼路叫暮水街的？這是什麼爛名字？」他說。

「對啊，他還叫阿尼，這是什麼爛名字？」我說。

「叫阿屎可能還比較好。哇哈哈哈哈！」

「他小說一定賣得很差吧！」

「好像賣得不錯耶……」

「真的喔？那沒天理啦！」

說完，我們又大笑了起來。

「所以她的乳溝好看嗎？」

「阿尼沒有乳溝啊！」

「我是說你的鋼琴老師。」
「哪有乳溝是難看的，你說是吧？」
「說得也是！」
哇哈哈哈哈哈哈哈哈哈哈哈哈哈！
對不起，我們都喝醉了。

>>>阿尼猛打噴嚏：「幹！耳朵好癢！」

08

我在辭海的錄音室角落發現一個相框，裡面有他跟一個女孩的合照。

我問他那是不是女朋友？他看了一眼，然後笑笑的沒說話，我也就沒有再多問。

但感覺得出來，這微笑的沉默當中有很長的一段故事，只是他不說而已。

那女生長得很甜，笑起來有種清新自然的美。

但不知道為什麼，她給人一種我也說不上來的感覺，像是……距離感？

如果你問我辭海長得怎麼樣，我會給你這樣的答案：

「如果我是路人戊，那他大概是路人乙。」意思就是他在路人的等級跟排序比我還要前面一點。

但依然是個路人。

他身高跟我一般高，大概一百七十五公分。體重跟我一般重，大概六十六公斤。近視比我深一點，他說五百多度。肚子比我小一些，我穿腰圍三十吋的褲子，所以他大概二十九吋吧我猜。

到台北沒幾天，我就習慣了這裡的環境，這是業務的基本生存能力，就是適應力。但雖然生活跟環境都能習慣，但天氣實在讓我有點吃不消。

尤其是這裡的冬天，又濕又冷，感覺非常不舒服。

每天早上起床刷牙時，這該死的天氣讓牙膏都是冰的。

「幹你媽的我是在吃泡沫冰嗎？」你一邊刷牙一邊會有這樣的錯覺。

辭海當慣夜貓子了，所以每當我出門上班跑業務的時候，他才剛躺下去睡沒多久。等到我下班回來，他才剛醒過來沒多久，這樣的生理時鐘讓我們形成一種特別的平衡。

而這個平衡在週末的時候會失衡。

因為他週末時會找我一起去跟他朋友吃飯喝酒聊天大笑，而我會撐到天亮找他一起吃早餐看報紙。

「以前阿順住在這裡的時候你們就這樣玩嗎？」我問。

「不，」他搖搖頭，「他是個無趣的人。」

「所以你的意思是我是有趣的人？」

他看了我一眼，「不，我找你一起來只是因為你沒事幹而已。」

幹……

因為認識辭海的關係，我的生活圈子開始有些轉變。

我認識的人大多是車廠老闆或是技師黑手，不然就是賣場經理或同業業務，但認識辭海之後，我的交友圈就變得不同了。

第一次跟他朋友一起吃飯，我就認識了全台灣數一數二的吉他手跟鍵盤手，還有幾個在Pub駐唱的歌手。長年在音樂裡打滾的關係吧，他們的靈魂裡好像都藏著一匹隨時準備奔騰的野馬，吃個海產攤都可以玩到要脫褲子。

酒對這些人來說好像跟呼吸一樣重要，他們三不五時在臉書上面留言的內容就是：「拎杯今天血液裡缺酒精。」然後下面就會有一堆人回說：「上次你喝掛沒脫你褲子真是錯了。」

我一時之間反應不過來，不知道缺酒精跟脫褲子之間有什麼關聯，而他們總是喜歡玩到脫褲子的這個習慣也不知道是怎麼培養起來的。

這群人對音樂的認知與一般人完全不同。

我們聽音樂只在乎一件事：「好不好聽。」而他們聽音樂在乎更重要的一件事：「有沒有fu。」

Fu這個東西當然見人見智，是非常主觀的，所以我這麼說是籠統了一點，但畢竟我不是專業，依我的能力只能形容到這裡。

但辭海說過一段話來形容他們對音樂的要求：「好的音樂像個美麗的女人，只是靜靜地坐著，什麼都不做，你也會覺得她在發光；不好的音樂像個歐巴桑，每一個音符跳出來，你都會誤以為有人在罵髒話。」

嗯，我是聽不懂啦，你聽得懂嗎？

各大唱片公司要錄製專輯時，經常租用辭海的錄音室，我便因此沾光看過很多歌手藝人，其中不乏一些很大牌的天王天后。辭海的錄音室裡有一面牆，上面滿滿的都是歌手的簽名，儲藏室的一面牆上則鑲嵌著一格一格的櫥櫃，裡面全是正版的CD，他說數量應該有數千片。

「幹！買這麼多CD，好有錢。」我說。

「有錢個屁！」他嗤了一聲，「這年代要靠寫歌過活，除非你是天王天后等級，不然肯定餓死。要不是有我爸的遺產跟保險費，我怎麼可能買得起那些東西。」

「是嗎？你的收入不好嗎？」

「我的收入當然不好，不然幹嘛還要賺你們公司的租金？」

「我一直以為做你們這行的都很賺錢啊。」

「不只你，一般大眾都以為我們很賺錢，但其實一點也不，我們反而是很窮的那一群。錄音室裡面那些器材就要很多錢，光是最基本的錄音室等級的麥克風就要幾萬塊一支，那些儀器一部動輒十幾萬，不是買了就好，還要維修、更新設備，如果不把錄音室出租，或是接其他的廣告配樂、電台配樂、電玩配樂來做，光寫歌一定喝西北風。我算運氣好的了，所以該說我爸爸死得好嗎？」說完他自己哈哈大笑，我這次就不敢跟著乾笑了。

「這種幽默感就別了，辭海。」

「放心啦，我爸不會跟我計較吧，我猜。」

「所以賣一首歌賺多少錢啊？」

「抽版稅的，歌手唱片賣得好，我們就抽得多一些，但一張專輯十首十二首，再加上歌手自己也要抽，所以一首歌大概收個幾萬塊。運氣好一年賣十首也才幾十萬，其實跟上班族差不多。但如果我們的器材壞了或是要升級，一換就是十幾萬起跳，也沒有什麼三節獎金年終獎金，一堆音樂創作人的生活其實很拮据。」

「既然這麼辛苦又沒錢賺，為什麼還要做？」

「因為我們愛音樂啊，沒有這股熱忱，哪能撐得下去。」

「喔！了解！」

「做音樂很辛苦，這是真的。所以盜版真的很該死，像是偷了別人的心血。」他說。

「但有時一張ＣＤ只有一首歌好聽，消費者就不想買啊。」我這樣算是很直接地反應消費者心聲吧？

「好不好聽這種事情很主觀，但說直接一點，誰想做難聽的音樂？所以當你覺得一張專輯只有一首歌好聽，說不定另一個不知道哪裡來的小明覺得有一半是好聽的，那麼我們要聽誰的？你還是小明？而且這個問題早就已經被解決了，現在有很多音樂是可以合法付費下載的，所以你可以只買那首你喜歡的就好，我們製作歌曲的人並沒有要求消費者要全部買單，我們只要求消費者不要偷。」

經他這麼一說，我隔天就把自己所有的盜版CD全部賣給資源回收商了，那些CD內容全都是從網路下載免費的音樂，在下載的時候只覺得免費的真好，卻沒想過這動作其實像是在偷東西。

其他人怎樣我不知道，但我是真的親眼看到辭海跟他朋友在做音樂的態度。

他們會為了一個小細節就吹毛求疵龜毛至極地從晚上弄到天亮，就只為了那個音，吉他或鋼琴也就因此重彈了上百次。

一些歌手來錄製專輯，歌手本人和製作人的龜毛程度也跟辭海他們差不多。

同一句詞可以唱上百次，只錄完一小段就已經用掉一整天，一首歌唱一個星期是常見的事。我記得有一位天后級的女歌手，她自己身兼製作人，只為了一個字，她花了一整天在跟這個字搏鬥，今天覺得自己唱不好，明天繼續。於是錄音室裡傳出來的音樂就只有那小小的一段不停重複幾百次。

想起他們的工作態度，我就覺得花錢買專輯不只是買歌手的歌聲和好音樂，也買了那些幕後工作人員的努力，這樣一來，區區幾百元好像不算貴。

所以我算是有良心了，對吧？

辭海那群玩音樂的朋友常常到他的錄音室來做客，但他們不是來胡鬧的，而是來工作的，只是有時候他們的工作看起來像是在胡鬧。

會音樂的人好像都有一種特別的默契一樣。

當他們工作了一陣子，休息之餘，有個人順手拿了把吉他隨意地彈著，另一個人就會拿起另一把吉他替他合音，第三個人就坐上鋼琴接著彈下去，幾個人這麼唱著唱著，就唱出一首很棒的曲子。

我好幾次都聽得出神，等他們唱完之後我便急忙問：「剛剛那首歌叫什麼名字？」

他們全都面面相覷，然後說不知道。要他們再彈一次，全部的人都笑了。

「沒辦法，忘光了。」他們說。別懷疑，這是他們的回答。

如果沒有錄下他們當下的即興演奏，要再來一次一模一樣的曲目演奏是不可能的事情。

「難道你們不覺得可惜嗎？」

「不會啊，總會有新的、更好的。」他們的回答都是這樣。

一天晚上，錄音室難得安靜，只有辭海一個人。

我拎了一手啤酒走上去，看見他坐在鋼琴前面發呆，一隻手指重複彈著一個鍵。

外面在下雨，氣溫十二度。

「辭海，你在幹嘛？」我遞了啤酒給他。

「喔！」他似乎被我驚醒，「沒事，就純發呆。」接過啤酒，他啵一聲打開便喝了起來。

「既然沒事，彈首好聽的來聽聽吧。」

他看了我一眼，「幹，你當這裡是Pub，還點歌喔？」

「要當這裡是Pub也可以啊，你彈一首我付一百，算是房客友情價，可以嗎？」

「太便宜了，至少要一千。」

「好啊，一千就一千。」

我話剛說完，他悶悶地嗯了一聲，兩隻手就開始在琴鍵上跳舞了。

那是首我沒聽過的曲子，當然那肯定是我沒聽過的曲子，依他們這種創作型音樂人的習慣，可能連他們自己都沒聽過自己正在彈的曲子。

「音樂是人類最美麗的發明。」我記得曾經看過這麼一句話，只是我不知道是誰說的。

而他說的真對。

沒一會兒，不到三分鐘吧，我正聽得出神，整個人開始掉進那悠揚美麗的琴音裡，陶醉得不能自已的時候，音樂驟然而止。

「怎麼停了？我聽得正爽。」我說。

他拿起放在鋼琴上面的啤酒，喝了一大口，然後打了個嗝，「我每次彈到這裡都接不下去。」

「每次？所以你彈過？」

「是啊。我還取了曲名，叫作〈揮霍〉。」

「那為什麼接不下去？」

「不知道為什麼，就是接不下去。」

「這是你自己寫的曲子？」

「對。」

「彈不下去是沒寫完的意思嗎？」

「對啊。」

「原因？」

「不明。」

「是喔。」

「我有想過，原因可能或許大概是……」

「什麼？」

「是……太喜歡的關係吧。」

「太喜歡這曲子？」

「不是，是太喜歡那個人。」他說。

>>>彈完，他看著我，伸出手：「一千。」

我：「幹！你只彈了一半啊！」

「那五百。」他說。

太喜歡哪個人？

相信你跟我有一樣的疑問。

那天晚上我想盡辦法要他說，他就是隻字不提。好奇蟲咬得我遍體鱗傷，他老大悠哉悠哉地喝著啤酒，好像我的好奇跟他無關。

其實嚴格說起來，我的好奇確實跟他無關。我的好奇是我的好奇，他的喜歡是他的喜歡，他沒有跟我交代的義務，我當然也沒有逼問的權利。這就像歌手偶像公眾人物的感情一樣，他們要跟誰在一起、要喜歡誰、要跟誰分手都是他們的事，為什麼我們有權利逼他們公諸於世？

就連我大學時的班對女友，我們都因為「不想被同學們知道」而隱瞞了我們的戀情，更何況公眾人物呢？

「不想讓人家知道不行喔？」辭海這麼說，而這句話很對。

而且坦白說，他們跟誰在一起干我屁事？不要跟我女朋友在一起就好啦！

每個人都有不想公開的事情、不想訴說的時候，但世道好像逼得公眾人物失去這些大家都應該擁有的權利。

「那能不能問一下那個女孩子貴姓？」我說。

隨口問問總可以吧？不能好奇喔？

「知道這個幹嘛？」

「就問問啊！」

「當業務的問題都很多嗎？為什麼一定要問人家姓什麼？」

「這就是你不明白我們當業務的專業了。」

「知道姓什麼哪需要什麼專業？」

「知道姓什麼是不需要專業，怎麼詢問這個問題才是專業。」

「什麼意思？」

「假設你是我想拉攏的客戶，我從來沒見過你，第一次見面的第一句話，我絕對不會問你姓什麼。」

「為什麼？」

「因為這是人的習慣，面對陌生人的第一眼，每個人心裡都有防備。」

辭海思考了一會兒，「有道理，所以呢？」

「所以第一句話一定是你好！」

「……」

「接著表明自己的身分。」

「廢話！接下來就是問我貴姓了對吧？」

「錯！不是問貴姓，是開始誇獎你。」

「誇獎我什麼？」

「例如你的工廠很大，你的設備很棒之類的。」

「為什麼要說這個？」

「因為人都喜歡被誇獎。保養廠的老闆終其一生努力奮鬥，打拚出自己的廠，被肯定的感覺一定很棒啊，對吧？」

「哎唷！有中喔！」

「這時你一定在想下一句就要問貴姓了對吧？」

「不然呢？」

「錯！下一步還是繼續誇獎。在我講出第一句誇獎的話時，同時我也在環顧四周，找找看有什麼可以拿來再繼續誇下去的東西。例如一部正在維修的車子，我就可以說那種車子很難修，你的保養廠技術一定很棒……」

「那偏偏我保養廠爛得要命，你找不到東西誇呢？」

「找不到就誇你保養廠的地點很好，生意一定很棒之類的。」

「偏偏我保養廠偏僻得要死，開在合歡山上呢？」

「那我就問你的年紀，誇你很年輕啊。幹！最好有保養廠開在合歡山上的啦！」

「那如果我偏偏就不跟你講年紀呢？」

「那我就說你看起來只有三十歲，是個年輕有為的老闆。」

「那如果我只有二十歲呢？」

「那我就說我眼睛被狗屎糊到了，有眼不識泰山。幹！你根本找碴！最好有二十歲的保養廠老闆啦！」

「有吧！他爸爸留給他的啊！」

「那他爸爸才是老闆啊，他頂多只是保養廠小開。」

「說不定他爸爸死了啊。」

「……幹，一定要死嗎？」

「對！非死不可！」

「那麼跟他爸爸有關的我連提都不會提，會直接說這是一間很棒的保養廠，這間保養廠的老闆一定是個非常厲害的人。」

「哎唷！厲害厲害，一次誇獎兩個人，又不會讓他傷心。」

「對，但前提是我要知道他爸爸死了，但基本上這是不可能的，第一次見面最好我會有那個神通知道他爸爸死了，所以你問了一個爛問題。」

「好吧，我開始相信你是個很專業的業務了。」

「嘿嘿。」我驕傲著。

「接下來就要問貴姓了吧？」

「不，接下來是遞出名片，完整自我介紹的時候，這自我介紹不只是講我，還要講到公司和產品。」

「幹！真的專業。」

「自我介紹結束以後才是問老闆貴姓的好時機。」

「為什麼？」

「這時對方通常都已經放下防備了，因為他已經認識你了，他了解你比你了解他多啊。」

「是這樣啊？」他用大拇指跟食指搓了搓下巴。

「所以……我們可以談生意了嗎？」

「談什麼生意？」

「那個女孩姓什麼？」

「……我有說要跟你做這門生意嗎？」

「……」

「而且我有說那是個女的嗎？」

我大驚，「不是女的？難道你……」

「對，我喜歡男的。」他一臉鎮定地說。

接著是十秒鐘的沉默，周圍安靜得連一滴汗滑過臉頰的聲音都聽得到。

我看著他，他對我挑眉拋媚眼，我心裡不自覺打了一個寒顫。

這時我腦筋一轉，鼓起勇氣問他一個問題：「所以，我是你的菜？」

「對。」他毫不猶豫地點頭。

我指著自己，「我這副豬頭臉你也喜歡？」

「喜歡一個人是沒有原因的。」他說。

「你該不會是看見我的第一眼就喜歡上我了？」

「對。」他再一次毫不猶豫地點頭。

「這麼美麗的一見鍾情竟然發生在我身上？」

「相信吧！有時候緣分要來是擋都擋不住的。」

「好吧，那我可以有個小小的要求嗎？」

「你說。」

「親我一下，證明你喜歡我。」

「這……」他愣了好大一下，倒抽了好大一口氣。

「親嘴唇好了，」我鼓起勇氣把嘴唇往上翹。

「……你確定？」

我點點頭，「是的，我確定。」說完繼續翹著嘴唇。

大概過了三秒，辭海就崩潰了！

「幹！我認輸！你太噁心了啦！」

「哇哈哈哈哈哈哈哈哈哈哈哈哈哈哈！」我舉起雙手，「我贏了！」

「幹！你怎麼會這樣？」

「這叫反將一軍啊！你讓我誤以為你是同性戀，但你卻沒想到，如果我真的是同性戀怎麼辦？想將我一軍反而被我將軍了。」

「幹！那如果我真的是同性戀呢？」

「大不了去收驚，然後辭職不幹啊。」

「真是失算。」

「你真的是失算了，這時候還想來這招辭海式的幽默感是嗎？我幾乎百分之百認定你不是同性戀，所以才敢跟你玩。」

「為什麼？」

「因為那個啊！」我指著錄音室角落那張照片。

「喔，原來……」

「好吧，既然你輸了，說點故事來給我聽聽吧！」

「我又沒跟你賭這個。」

「就當聊天嘛，反正你現在閒著也是閒著。」

「不，我很忙的，」他站起身來，「我還有一個廣告配樂要 mix。」

「是喔！那我在這裡等好了。」

「可能要到天亮喔。」

「沒關係，我就等到天亮，明天業務不跑了也沒關係。」

「那可能要 mix 到明天喔。」

「沒關係。」

「也可能要 mix 到下個星期喔。」

「也沒關係。」

「幹！你是土匪嗎？哪有一直問別人隱私的啊？」

「幹！你是娘們嗎？單純聊聊天而已那麼認真龜毛幹嘛？」
「我沒有龜毛啊，我說我要 mix 音樂啊。」
「那你就 mix 啊，我在這裡等你啊。」
「可能要到天亮耶。」
「沒關係，我就等到天亮。」
「那可能要 mix 到明天喔。」
「沒關係啊。」
「也可能要 mix 到下星期喔。」
「也沒關係。」
「幹！你是土匪嗎？」
「幹！你是娘們嗎？」
就這樣，我們的對話就這樣跳針跳了好久。
他說了他的故事嗎？沒有。
我說了我的故事嗎？也沒有。
倒是啤酒又喝了一打，我們醉到睡倒在錄音室裡，一直到半夜冷醒了才各自回房間。
突然發現跟辭海這樣的人講話挺有意思的，他們的思考方式非常特別，而且有一種他們活在什麼故事或是劇情裡的感覺，跟他們說話自己似乎會多長一些特別的想像力，像是在唸劇本裡的對白，會讓你覺得很有趣。

但這是真實的人生，根本沒有劇本啊。

喔！對了。

那晚辭海說了，那個女孩子姓燕。

他都叫她燕子。

「我很喜歡她，但她當我開玩笑啊，哈哈！」他說。

在大概已經有五分醉意的時候。

>>>他醉倒前還說了：「燕子，妳好正。」

我應該沒聽錯，他應該不是說「國維你好正」，否則我會失手殺了他。

10

大概一個星期之後我就見到燕子了，那個辭海在醉倒前說「妳好正」的燕子。

而她就是那張照片裡的女孩子。

我不知道燕子的名字，因為大家都叫她燕子。

我在一間有歌手駐唱的 Pub 看見她。Pub 就開在鬧區巷弄裡的一處地下室，氣氛非常好，地方不算很大，但感覺很溫暖，裝潢有點美式的風格，又有點在朋友家的倉庫開 Party 的感覺。

而燕子就是駐唱的歌手。

那天都過了下班時間我還在宜蘭跑業務，忙到午餐沒吃，只在便利商店買了個布丁吞下肚。其實我不應該這麼忙的，對於業務我早就已經很熟巧，只是我剛接北區業務，所有的客戶都只認識前業務阿順而不認識我，讓我工作起來有點吃力，畢竟客戶面對一個新的供應商業務，信任感必須從零開始重新培養。

他們大部分的問題都是：「你會跟阿順一樣給我相同的價錢嗎？不會漲價嗎？阿順都沒在跟我漲價的喔！」

但其實漲價也不是我們業務決定，是公司決定。但客戶不會管這些，他只要你給他最優惠的價格，讓他賣產品給消費者時能多一點利潤，其他的就算天塌下來他也不管。

接到辭海電話的時候，我正在心裡幹譙一個害我浪費三個小時的保養廠老闆，他最後只跟我訂了幾千塊的材料，龜龜毛毛還嫌東嫌西，標準的愛嫌又愛佔便宜那一型。

辭海問我人在哪裡，我說正要離開宜蘭市區，順便找東西填飽已經餓了很久的肚子，我告訴他，如果我再不吃飯，可能會開車開到恍惚然後連人帶車黏在山壁上，結果他說他會幫我準備靈骨塔位。

我以為他打電話來是有什麼重要的事要講，但他只說今晚去聽歌，地點是一間 Pub，我也以為就只是這樣。

但當我走進 Pub，看見他站在台上，背著一把電吉他在伴奏的時候，我才知道我才是來「聽歌」的那個，而他是來表演的。

Pub 入口處寫著容納人數一百五十人，但我相信裡面至少有兩百個人。辭海說這很正常，燕子只在這家 Pub 駐唱，她唱歌的時候就是這麼多人。

「Pub 老闆是燕子的親戚，她每個星期來這裡幫忙唱兩個小時。」辭海說：「我跟她就是在這裡認識的。」

「認識很久了？」

「還好，就一年多。」

「也喜歡了一年多？」

「我有說我喜歡她嗎？」

「沒有，你沒說，但你在台上一直偷瞄她的眼神跟嘴角那滴快要流下來的口水說了。」

「幹……」

「所以那時候你來聽她唱歌？」

「不，」他搖搖頭，「我是來幫她本來的電吉他手代班，卻被她電到。」

「所以她是你的電吉他？」

「對，我想把她抱起來彈。」

「還好你不是練爵士鼓的。」

說完我們兩個都哈哈大笑。

燕子的歌聲跟她本人的樣子完全對不起來，你會覺得那張臉搭配的應該不是那種聲音。她長相清秀，身高不高，應該不到一百六十公分，瘦瘦的，唱歌時綁著馬尾，感覺像是個大學生。但她在台上唱的歌大多很搖滾，而且聲音渾厚，嘶吼的時候力道十足。

「你會覺得她小小的身體裡有一股強大的力量在推動著她的聲音。」辭海這麼形容她的歌聲。

而我想起我的第一任女朋友，

她也是個唱歌好聽的女孩子，她是隔壁班的班花……的好朋友。

我喜歡她笑起來的時候臉頰上深深的酒渦，還有她在罵男生時的那股狠勁，渾身散發著很特殊的魅力。

那年她才十七歲，當然我也是十七歲。發育末期的天真讓我誤以為唱情歌給女孩子聽是一件非常浪漫的事，因為電影電視都這樣演，而且只要這麼做了，一定能把到女孩子，成功率幾乎是百分之百。

我滿懷信心，找了在吉他社當社長的同學替我伴奏，代價是一個便當跟一杯飲料。那天我準備了一張歌譜和一封寫了兩個星期才完成的情書，在她回家的路上等她。當她出現在巷口，我們跑過去攔住她，她的表情跟反應我這輩子都不會忘記。

她尖叫，然後喊救命。

歌當然沒有唱給她聽，因為根本沒機會唱。她拔腿就跑，我懷疑她跑接力賽的話不是第一棒就是最後一棒，那速度真是快，像是被快轉的影片，她很快地消失在巷子底。

「恭喜你，你失戀了。」那該死的吉他社社長拍拍我的肩膀。

說完他就背著吉他離開了。我獨自在那條巷子裡失落了好久，覺得老天爺遺棄了我。

便當跟飲料我還是付了，不過是在我賴帳被阿魯巴之後才付的。嚴格說起來，他並沒有替我伴奏，甚至連吉他袋都沒打開任務就結束了，應該是不用付才對吧？

重點是那封情書我也給了，不過不是面對面地交給她，而是投進她家的信箱裡。

沒想到這招有效，她隔天就跑來跟我說話，而且還說了很多話。

「邱國維，為什麼你會知道我家在哪裡？你這個變態跟蹤狂！」說完就把那封情書砸在我身上。喔！那狠勁我真的非常欣賞。

幾天之後我找了個機會，遞了一張紙條給她，上面只寫了一句話：「我不是變態跟蹤狂，我只是一個很喜歡妳的笨男生。」

一個星期之後她就跟我在一起了，我到底做對了什麼我也不知道。

這個結果讓我得到兩個結論。

第一，電視跟電影裡面演的都是騙人的，幹。

第二，女人真的很難了解。

後來我們跟同學一起去唱歌，她問我那天到底想唱什麼歌給她聽，我說是陶喆的〈天天〉，然後她要我當場唱給她聽，我當時就很努力地給它唱到破音。

我真的不是唱歌的料，但她卻聽得很開心。

然後她唱了一首歌回送給我，是梁靜茹的〈我喜歡〉。

她唱歌是好聽的，真的。

她講分手也是好狠的，真的。

分手原因是什麼？

算了吧，跳過去吧，別揭傷口來看了。

所以我看著辭海盯著燕子看得出神的表情，大概可以想像第一任女友唱〈我喜歡〉給我聽的時候，自己的表情是有多麼的癡漢。

辭海向燕子介紹我的時候，說我是他的僕人，他某天晚上看我餓倒在人行道上，拿了麵包丟給我吃，我感動得鼻涕眼淚狂噴，發誓對他效忠。

這種爛介紹虧他掰得出來。

「真的嗎？」燕子轉頭看著我，「那借我個幾天，我猜你應該會掃地拖地洗衣服之類的吧？」

「當然會！我終於可以脫離這個爛主人。」我說。

「不！」辭海急忙阻止，「他是個壞僕人，除了吃什麼都不會。」說完把我拎到一邊，「快回你的籠子去。」

那天晚上我們在Pub喝到十二點，跟燕子還有樂團的人聊得很開心，接著他們又續攤到辭海的錄音室繼續喝，因為幾個人關在隔音效果極佳的錄音室裡喝酒唱歌玩樂器也不會吵到別人，所以他們更放肆地搖滾著。

在他們面前，我是個觀眾。他們聊音樂我不懂，他們聊器材我不懂，他們講樂譜我不懂，他們唱歌好聽我更不用比了。

但聊愛情我懂。

我是說，幾乎每個人都愛過，不懂愛，但懂痛，痛過就表示看過愛情的輪廓了。

半夜三點，他們酒酣耳熱地塞滿一部計程車走了。

我跟辭海站在門口目送他們離開，車子都已經開出巷子了，他還是盯著看了很久。

接著，他從口袋裡拿出一包菸，跟我借了打火機，點燃。

「你會抽菸？」

「當然會，只是很少抽。」他說：「這包菸買了一個月了還沒抽完。」

「那應該都臭了吧。」

「臭了就臭了，還是菸啊。」

「好吧，你沒差就好。」說完，我也點了一根。

然後他拿出手機，打開臉書，在自己的塗鴉牆上寫了：「No. 893。」

因為我加了他好友，所以他發表內容，我的手機也收到了。

「什麼No. 893？」

「我幫她伴奏過的曲數。」
「這麼多？」
「平均一個星期唱十五首歌，都唱一年多了，哪會多。」
我開始在心裡面算著，一年五十二週，一週十五首，那一年多就是……
我的心算真的很爛，所以計算機是業務的好朋友。
「還記得那一首〈揮霍〉嗎？」
「你一直沒寫完的那首？記得啊。」
「如果在 No. 1000 出現以前我還寫不完〈揮霍〉，那我就要放棄了。」
「放棄不寫了？」
「連她也放棄。」
「啊？為什麼？」
「因為暗戀好累啊。」他說。

11

辭海跟第一個女朋友交往了三年，第二個更久，交往了七年。

「我還是比較愛第一個，在我跟第二個在一起的時候。」

「但是第二個離開我的時候，我發覺我好愛她，壓根忘了我曾經有多喜歡第一個。」

他說。

「你這麼分裂啊？」

「是啊，分裂了很久耶。」我在他說這話的眼神當中讀到了驕傲的訊息，但我不明白這有什麼好驕傲的，接著他繼續說：「分裂到後來我反覆思考，覺得自己根本不適合談戀愛，卻又情不自禁地喜歡上燕子。」

「所以你才沒告訴她？」

「我有告訴她，但那是在喝酒後，她以為我酒醉開玩笑，天知道我清醒得不得了。」

「那你是怎麼跟第一個在一起的？」

「告白後在一起的。」

「廢話……」

「不然呢？誰不是告白後在一起？」

「一堆喔！現在時代變了，一堆人莫名其妙地先上床後才在一起啊。」

「所以你跟哪個女朋友先上床後才在一起？」

「沒有。」

「那你講個屁。」

「所以你怎麼跟她告白？」

「就直接講啊。」

「講我喜歡妳，妳跟我在一起好不好，這樣喔？」

「差不多。」

「然後她就說好？」

「過了一陣子才說好。」

「過多久？」

「大概半天。」

「……」我翻了白眼，「半天叫一陣子喔？」

「半天也是一陣子啊，我從下午等到晚上，等得很焦急耶。」

「幹！我應該要改用你的邏輯來思考，你是個奇葩，會喜歡你的應該也是奇葩。」

「可是她不是奇葩。」

「不是奇葩怎麼會喜歡你？」

「那你以前的女朋友不是畜牲怎麼會喜歡你這個畜牲？」

幹……我輸了……

「好吧，我或許很奇怪，我承認。但她不奇怪，她很乖。」

「所以你們是美女與野獸的組合就是了？」

「不，感覺上比較像是賣女孩的小火柴。」

「……」

「你怎麼了，要中風了嗎？」

「沒事……所以你是小火柴，她是小女孩？」

「是的。」

「那時候你幾歲？」

「是兩小無猜的十四歲。」

「喔！那果然是小火柴。」

「但現在是大火柴了。」說著說著他又要脫褲子了。

我連忙阻止他，「幹！收好你的火柴！」我說。

辭海說他跟阿一（他對第一任女友的簡稱）一直到上高中都還在一起，本以為會這樣一直走下去，然後大學，然後工作結婚生小孩，然後死掉重新投胎。

但是人生最好是有這麼簡單啦，又不是代入公式就會得到一個答案。

所以他遇到阿二（他對第二任女友的簡稱），他發現阿二才是他真正喜歡的女孩子，於是小火柴真的把小女孩給賣了……喔不，是給拋棄了。

阿一痛苦萬分，像天塌了下來只壓到她一樣。

她多次苦苦哀求，希望能夠挽回。飽受失戀和痛苦折磨的她，一邊為了失去難過，一邊為了辭海的變心而憎恨。

變心兩個字聽起來罪大惡極，但說穿了就是「做了選擇」而已，只是做的選擇是好還是壞，必須由做選擇的人自己承擔。

所以承擔的人是誰？當然是辭海自己。

他拋棄阿一，選擇阿二。甜蜜期過後發現彼此之間有極大的性格差異，容忍度開始變少，爭吵開始變多。他開始後悔，開始覺得阿一真的比較好。

但阿一累了，她差點溺斃在一灘由痛苦和憎恨組合而成的死水中，只是她拚命地游，拚命地游，一天終於游上岸了，她放下了，她的心平靜了，她再也不恨，再也不哭，對辭海再也不想念了。

有一天辭海瞞著阿二，偷偷地約阿一喝咖啡，在以前他們常去的那間店。奶精才剛加，砂糖才剛放，咖啡還冒著煙，辭海就急著表達自己的後悔。

他從和阿一在一起的十四歲那年，講到自己幼稚的十七歲，講到他們都還是孩子，事情想不多，眼光看不遠，所以選擇才會做得不對。

他講了好多好多，像是有太多話壓在比心和肺還要裡面的裡面，這天終於有機會可以把這些全都掏出來講一遍。

話講完了，辭海眼前的咖啡還是滿的，但阿一的咖啡已經喝完。

她瞇著眼，笑笑地說：「辭海啊，恭喜你，你長大了些，只是我也老了一點。」

阿一走了，連咖啡錢都是她自己付的。

阿一搶著拿出一百塊錢，她阻止他，「我們已經結束了，別讓一杯無辜的咖啡害彼此又開始互相虧欠。」她說。

「那時候我才十七歲，但恍然大悟的當下卻讓自己覺得瞬間老了二十歲。」

辭海說這話的時候，我好像看到他十七歲那一年的後悔，在他的眼眶裡閃爍著。

辭海明白自己做的選擇要自己去承擔。

他開始改變自己，他不想放棄阿二，以免重蹈覆轍。他跟阿二之間開始用溝通代替爭吵，用理解代替翻攪的情緒。

兩個人順順利利地走了七年，從那個未成年的少年，長大成二十四歲的青年。他不覺得自己變得更成熟了，只是好像比還是孩子的時候要懂得珍惜。

他本以為會跟阿二就這樣一直走下去，當完兵，出社會工作，然後結婚生小孩，然後死掉重新投胎。

只是人生真的沒這麼簡單。

阿二愛上了另一個男人，她走了，這次他們連咖啡都沒喝。

「該說是報應吧。出來混，該還的還是要還。欠別人的，老天爺會安排在另一個人身上要回來。」

辭海說，但他笑著，像是看透了什麼一樣。

>>>欠別人的，老天爺會安排在另一個人身上要回來。

出生在愛爾蘭的大文豪蕭柏納說：「此時此刻在地球上，約有兩萬個人適合當你的人生伴侶，就看你先遇到哪一個，如果在第二個理想伴侶出現之前，你已經跟前一個人發展出相知相惜、互相信賴的深層關係，那後者就會變成你的好朋友。但是若你跟前一個人沒有培養出深層關係，感情就容易動搖、變心，直到你與這些理想伴侶候選人的其中一位擁有穩固的深情，才是幸福的開始。愛上一個人不需要靠努力，只需要靠『際遇』，是上天的安排，持續地愛一個人就要靠『力』。」

世界上有多少人有這樣的力？我不知道。

我只知道很多人都在學習這個「力」，但也有很多人一點「力」都沒有。

因為蕭柏納是一八五六年出生的，是十九世紀的人，當時全世界人口大概只有三十億，現在全世界已經有七十億人口，所以他說的兩萬個適合你的人，現在大概暴增到四萬多個。

坦白說，我不知道他這個數字是怎麼算的，而且蕭柏納是個文學家、劇作家，他拿到的諾貝爾獎是文學獎，不是數學獎（諾貝爾獎也沒有數學獎），所以我們就當他算出來的兩萬人是唬爛的好了。

但不管是他說的兩萬人還是暴增後的四萬人，數字看起來好像很多，但只要用數學再精算，就知道要找到這些人還真是不簡單，幾乎是十八萬分之一的機率。

這時候你可能會想：「那是不是比中樂透要簡單？」答案是肯定的，確實是比中樂透簡單。中樂透的機率是一千三百九十八萬分之一。

一個淡江大學數學系的教授在他開的「生活數學」這堂課裡出了一個題目：「如果每期買十張樂透的男生決定中了頭彩之後才向女友求婚，女友平均得等多久？」

答案是：五千年。

但這重點不是五千年。重點是這傢伙已經有女友了，而你可能還在找。

不過找到那個適合你的人跟中樂透一點關係也沒有。就算有，愛情也不是用數學就能算出來的。

我們這一輩子可能會愛上好多人，但也可能只會愛上一個人。這好多人跟一個人會不會就包括在那兩萬人或四萬人裡面？

其實我們不可能有答案。

說不定就真的遇見了，也說不定一輩子都遇不到。

更有可能的是，我們遇見的人並不包括在這兩萬（或四萬）裡面，但因為愛的關係，

揮霍

愛把他們都變成了這裡面的人。

而我們也被愛變成他們的。

愛好神奇對吧？好像會讓人改變很多，也會讓人被改變很多。

但好像經常有人會問一個莫名其妙的問題：「愛是什麼？」

基本上，這問題是不可能有解答的，因為每個人怎麼愛人或怎麼需要被愛都不一樣。有的人一個擁抱一個笑容就夠了，有的人則是要 LV、Gucci、Prada 才能感覺到被愛。

愛情在人的身上實現其實是個笑話。

辭海說的。

「因為你得不到的時候朝思暮想，得到之後一切卻都不美麗了。另外，暗戀的時候，心情是辛苦又快樂的兩極拉距戰，失戀的時候彷彿失去全世界。但愛情並不是這樣，愛情只教我們去愛，沒教我們佔有。」他說。

說完我拍拍手。

蕭伯納又說過：「人生兩件最大的悲哀，一是得不到，一是得到了。」

這次他總算沒那麼囉嗦了。

我在第一次失戀之後徹底領悟了這句話，在同一個女人身上，我經歷了人生最大的兩件悲哀。之後的每個女人跟我在一起又分手，我都會想起這位大文豪的這句廢話。

而我相信每個人都一樣，每一段感情的開始與結束都能讓你深切體悟到他的廢話說得有多好。

是的，我覺得那是廢話。

但它又中肯得要死，所以我把它歸類成中肯的廢話。

我們的至聖先師孔子是有史以來廢話最多的歷史名人，他廢話不只多，還很囉嗦，而且重點是他的廢話一點都不中肯，完全證明了廢話的定義。

孔子說「民無信不立」，意思是人沒有誠信就不能立足，國家對人民沒有誠信就會衰亡。但是看看那些說話跟放屁差不多的官員、立委跟總統，他們還不是高高在上？

然後韓愈說：「師者，所以傳道、授業、解惑也。」

在那個年代，他們說的或許是事實，但這話經不起時代變遷的挑戰。想想現在這個社會，有多少生肖屬王八烏龜的混蛋老師為非作歹還帶女學生去開房間。

相較之下，蕭柏納就厲害多了，他的廢話就算到下個世紀也還是中肯的廢話。

其實大家都一樣，在得不到的時候拚命地追拚命地要，得到了之後卻又吃碗內看碗外，總會不滿足地覺得別人的比較好。有趣的是，別人也會覺得你的比較好，然後你們可能會大笑：「拜託！你身在福中不知福！」

但到底是誰身在福中呢？

好像不是真的身在福中的人才身在福中，因為他也會不滿足。

又好像不是知足的人才身在福中，因為知足的人太少了。

「真正身在福中的人，是不懂得也不想佔有的人，他們反而擁有更多。」這話不是我說的，也不是辭海說的，是阿尼說的。

對，就是辭海提過的那個寫小說的阿尼。

「我女朋友出國去玩五天，我一個人在家好無聊，能不能來打地鋪？」我在台北待了兩個多星期之後，一天晚上，阿尼拎著一個背包，騎著速克達出現了

跟我想像的寫小說的人不一樣，他沒什麼小說人的氣質，臉上有鬍碴，抽的菸是長壽六號，背包有點舊，頭髮有點亂，像個三天沒洗澡的流浪漢。

不過他講話還滿好笑的，從他口中得知他也是高雄人，一股同鄉情愁不自覺地自內心散發出來，就在我剛感受到那股親切感的時候……

「你會用很台的台語跟道地的高雄腔說銬盃嗎？」他連我的名字都還不知道，就先這麼問我。

「銬盃！」我說。

「喔！我的天！果然是正統的銬盃！鄉親！請讓我給你一個來自家鄉溫暖的擁抱吧！」他說。

說完他就用力地抱了抱我，他的鬍碴在我臉上刺了幾下。
「幹！請不要嚇到我的同居人。」辭海說。
「喔！你住這裡啊？那正好，今晚可以3P了。」阿尼說。
聽說阿尼的女朋友就住在他家對面，是個正妹。
又聽說他把跟他女朋友之間的故事寫成了一本小說，叫作《暮水街的三月十一號》，但我懷疑眼前這個男的真的就是那個寫小說的人嗎？這氣質一點都不像啊。
那晚我們三個人買了一箱啤酒，阿尼從他的背包裡拿出一台白色的PS3，還有兩個看起來很新的搖桿。
「趙雲！讓我們來推翻董卓的暴政吧！」他搭著辭海的肩膀，豪氣干雲地說。
「張飛！拿出你的丈八蛇矛讓董卓軍屍橫遍野吧！」辭海搭著阿尼的肩膀，充滿霸氣地說。
「那我呢？」我指著自己。
「你就先當我們的加油團吧，孫尚香！」
說完他們就開始拉線接電視，然後把聲音開得超大，在虎牢關把三國時代第一名將呂布當風箏在放，還偷他的法拉利（赤兔馬）到處亂開。
而我被晾在旁邊玩吉他。

就這樣玩到十二點，他們好像累了，一路從虎牢關殺到定軍山也是該累了，而啤酒也差不多要喝完了。

這時候辭海在網路上看到一個類似心理測驗的東西。

它說有五種口味的冰淇淋讓你選，測愛情運勢。分別是檸檬、巧克力、草莓、覆盆子跟咖啡。

阿尼選了咖啡，辭海選了檸檬，而我選了巧克力。

它說選巧克力的人很快就會遇到心儀的對象，並快速地展開追求。

選檸檬的人正在單戀裡痛苦著，要適時讓對方知道，不要徒留遺憾。

選咖啡的人跟另一半因為個性不合，正處於冷靜期，可能會分手。

我覺得這是廢話，我一直以來都是遇到心儀的對象就會展開追求的啊！

辭海的倒是很準，他一直盯著電腦螢幕說：「這是叫我衝嗎？這是叫我衝嗎？」

只有阿尼想翻桌，「幹！我跟女朋友感情超好！你這台破爛電腦非常銬盃！」說著說著就想砸掉辭海的 Mac book。

幾天後，我在淡金公路出了車禍。

我直行，對方從內側車道突然右轉，方向燈也沒打，直接撞凹我的葉子板跟保險桿。

「對不起！對不起！看多少錢我賠給你，我駕照還沒考過，拜託別叫警察來，求求你。」她說。

她是個正妹。

我戀愛了。

>>> 這跟愛情運勢測驗準不準無關，純粹是緣分。

生鏽的草莓

你是草莓，生鏽的草莓。

你眼裡透露的憔悴，擁抱也給不了安慰。

我愛草莓，你身上的鏽味，

是草莓崩壞前的一抹甜美，愛上你等於活受罪，

我累，卻依然愛你，就是你，草莓。

「操他媽的這是在寫什麼東西？」辭海說。

揮霍

13

我出社會那年二十四歲不到，在便當店工作的薪水是兩萬三，公司還會提供每天的午餐，吃的是沒賣完的便當。

我的交通工具是一部車齡十三年的摩托車，我都叫它小籃。

是的，是籃子的籃。那是我媽留給我騎的，一二五ＣＣ，紅色的，有個看起來很蠢的白色菜籃子在前面，因為螺絲孔破了，所以那該死的蠢籃子是我爸用鐵絲綁在上面的。

我對小籃一點都不愛惜，這是真的。

它是一部非常安全又耐操的車子，我好多次把它亂丟在路邊，連鑰匙都沒拔，卻沒有人要把它騎走，這讓我想買新摩托車的幻想總是破滅，而且不知道為什麼它很健康，把它騎去墾丁再騎回來，它也只是用排氣管咳了幾聲之後就沒再抱怨了。

後來離開便當店，我到了汽車材料廠上班。

小籃依然陪著我風吹日曬雨淋，天天來回二十公里，像個沒有任何怨言的小媳婦，情比金堅。

有一天我下班回家途中，騎著騎著，小籃就熄火了，那瞬間我心裡高興得想尖叫，心想它終於壽終正寢，我明天可以買新的摩托車了。

結果低頭一看，原來是我忘了加油，油表見底了。

「幹你媽的你為什麼不會壞掉？」我在路邊崩潰大叫，但還是認命乖乖地把它牽到加油站去餵飽它。

後來大仔把我挖到業務部，我回家告訴我爸，我必須離開小籃了，因為我要開始跑業務，需要買一部汽車，所以小籃就留給妹妹騎吧。語氣中的興奮連在一旁小我十歲的妹妹都感覺得到。

「你這個沒良心的。」我妹說，當年她才讀國三，現在已經大二了。

我花了十萬塊買了一部汽車，車齡九年，灰色的，我都叫它小飛，無非是希望它跑起來跟飛一樣快，但是它並沒有。

時光飛逝，歲月如梭，小飛跟著我到處亂跑也跑了六年了，十五歲的高齡使得它現在的殘餘價值剩不到兩萬塊，車體某些地方有點鏽斑，看起來像老人斑，標準的人老珠黃。

所以林婉燕撞到我的車時，她很快地從皮包裡拿了五千塊給我，如果我收下了，那就真的是賺到了。

對了，她叫林婉燕，那個撞到我車的正妹。

她二十五歲，也是個業務，但她是賣房子的。駕照考了三年，歷經五次S形彎道跟倒車入庫的革命，仍然會壓到線。

只要一壓線，旁邊的警鈴就會叫；警鈴一叫，考官就會搖頭；考官一搖頭，成績就會被扣分；一旦扣分了，駕照就會跟你說：「謝謝光臨，我們下次再見。」

我跟她約了隔天在我比較熟的那間修護廠見，也留了我的名片。

「五千塊太多了，我自己是汽車材料業務，大概知道行情，所以我覺得妳跟我去比較好，老闆說多少錢就多少錢，這樣妳比較不會多花錢。」我說。

但其實我是想再見到她。

她點頭說好，並且感謝我不叫警察的大恩大德，然後也遞了一張名片給我，說她隔天大概下午三點會有空。

但我等到五點，她的手機打不通。

我一度以為就這樣失戀了，而且被撞還要自己賠錢。

就在修護廠要下班的前十分鐘，她終於撥了我的電話，說她帶客戶看房子超過時間，手機又沒電，身上也沒帶我的名片，一直到趕回公司才打給我。

「對不起！對不起！讓你等這麼久我很抱歉！我請你吃晚餐好嗎？」她說。

當然好！當然好！

我還希望她不用賠撞壞我車子的錢，只要陪我看個電影或吃個消夜。

我把小飛丟在修護廠，臨走前還親了它一下表示我的感謝，要不是它受皮肉之苦，我還沒辦法認識婉燕。

那天我們約在市區的一間迴轉壽司店，就是那種一盤三十塊的。

我坐在計程車裡，因為尖峰時間塞車，我遲到了十分鐘。看見她站在門口等我，那一身OL裝扮，勻稱的小腿末端踩著一雙高度適中的高跟鞋，手裡提著一個小包包，我心裡有種莫名其妙的感動。

「喔！那是我的女朋友。」我心裡這麼說著。

好吧，我承認這樣很花癡，但幻想一下也不行喔？很多人也會指著電視裡的林志玲說那是他老婆啊！

「嗨！親……呃，我是說，妳好，不好意思，有點塞車，讓妳等了十分鐘。」我差點就叫她親愛的。

「沒關係，我讓你等了兩個小時，還你十分鐘，還欠你一小時五十分。」

「喔！可以這樣算嗎？」

「可以不要嗎？」她笑了起來。

幹！好美！

我們走進店裡，服務生很快地找了兩個位置讓我們坐下。

在這種店吃飯感覺很兩極。因為座位不大，旁邊的人離你很近，所以我跟婉燕的手肘好幾次不小心碰在一起，感覺很爽。但我又跟左邊的胖子一直磨到肩膀，感覺很幹。

吃飯的時候我們聊得很開心，彼此分享了一些當業務的辛酸。

偶爾她身上會傳來一陣陣香水味，本想問她那是什麼味道，但是我不敢。

這時候我多麼希望她就是保養廠的老闆，那麼我就有千百種方法來對付她。但偏偏我這個人面對喜歡的女孩子就是沒轍，彷彿面前就是一盤我的菜，但我卻不知道該怎麼吃下去。

呃，請別誤會，這裡說的吃不是那種把女孩子吃掉的吃。

我只是單純在形容她是我的菜而已。

這餐我一共吃了七盤，她只吃了三盤。

我問她是不是食量不大，她說一直以來就是吃這麼少，「女生都怕胖嘛，吃少一點免得長肉了。」她說。

「但妳一點都不胖。」

「那是你沒看見我胖的地方。」

「在哪裡？可以看嗎？」

「呃……」

「我開玩笑的，請不要當真。」我說，配上幾聲乾笑。

我趁她去洗手間的時候把單給買了，她一直想把錢拿給我。

「在妳堅持拿錢給我之前，我先問妳一個問題。」

「什麼問題？」

「妳開的車子是妳自己的嗎？」

「不是，是跟同事借的。」

「所以妳要付我的修車費，還要付他的，對吧？」

「是啊，」她有點懊惱，「這個月要大透支了。」

「這樣好了，既然妳這個月要透支了，這頓晚餐我就先墊著，當作是妳欠我一頓晚餐，下個月再請我吧。」我說。

「我都欠你修車費了，還要欠一頓晚餐，怎麼一直在欠你？」

「而且還欠我一小時五十分。」

「你很小氣耶，連這個也要算。」

「我不小氣，我很大方的，有一種東西叫分期付款，妳欠的慢慢付就可以了。」

「這樣真的好嗎？」

「沒關係，我有妳的名片，不怕妳跑掉。」

「那我明天就辭職好了。」

「那我就打妳電話。」

「我辭職後連電話都換了。」

「那我只好自認倒楣。」

「好吧！債主都讓我分期付款了，我恭敬不如從命。」

「那方便跟妳約明天修車嗎？」

「方便，明天同樣的時間？」

「是的，同一個時間。但我還是可以等兩個小時的。」我說。

「不，你放心，這次我絕對不會再遲到了。」

「妳剛剛怎麼來的？」

「搭捷運，我家離捷運站不遠。」

「呼！還好，妳沒駕照就別再開車了。」

「我也不敢了，第一次跟同事借車就撞車。」

「那我還真榮幸，妳第一次撞車就撞到我。」

「不，我第一次撞車是撞路燈，還好車子是我爸的。」她說。

我陪她走到捷運站，看著她搭手扶梯消失在地平線。

五分鐘後我在計程車上懊惱，「幹！怎麼忘了騙她說我也搭捷運來！」
然後我打電話給辭海，「幹！為什麼你家不在捷運站旁邊？」
結果辭海說：「因為我沒有悠遊卡啊。」

＞＞＞能給我一個正常一點的同居人嗎？

14

晚上大仔打電話給我，「台北的業務持續在找，但是一直沒有適合的人選，不然就是做幾天就離職了，你在台北繼續撐著，我會盡快找人把你替回來的。」

「沒關係啦，你慢慢找，不急不急。」說完我就掛電話了。

其實我是想跟他說：「你找不到也沒關係，我現在不想太快離開台北呀！」

因為這時我正在跟婉燕用 app 聊天。

接電話之前我剛傳訊息跟她說：「今天一切順利嗎？車子明天就好了。」

接完電話之後她回傳：「這麼快？那我明天陪你去拿車？」

雖然這話看起來像是她想見到我，要陪我一起去做一件事。

但其實她只是要去付錢而已，我卻開心到半夜兩點還睡不著。

隔天拿到車子，我們又一起吃了晚飯。

飯後她說了一句「跟你一起吃飯感覺很輕鬆」，讓我產生很多幻想。

「所以是我看起來讓妳很有食欲的意思嗎？」我問。

「不，就只是感覺很輕鬆的意思。」她說。

輕鬆？好吧，輕鬆。

其實我感覺也很輕鬆，是我看到她就一整個人鬆得比鬆餅還要鬆的那種鬆。

我把遇到婉燕的事一五一十地告訴辭海，他安靜地從頭聽到尾，一句話也沒搭，等我說完之後，他靜靜地轉頭看著我，只問了我一個問題：「照片呢？」他伸出手說：「沒圖沒真相。」

這時我才意會到，或許該跟婉燕要張照片。

到台北已經一個多月了，客戶也差不多都認識我了，該習慣的也都習慣了，不該習慣的也習慣了。

我說的是房間浴室裡那台任性的電熱水器。

不知道是不是住處太靠近山坡地的關係，我覺得台北總是在下雨。

而且雨一點都不大，就飄著飄著，像老天爺一直在搔祂的頭皮，那些雨就是祂的頭皮屑，飄呀飄呀飄一整天。

每天睡著時都希望明天可以不下雨，不求晴天，只求雨停，但基本上是做夢。隔天起床，窗簾拉開，「早安，你這該死的雨。」你會這麼自言自語地打招呼。

這一個多月裡，我跟辭海去了那間 Pub 四次。

一樣，他在台上彈吉他，燕子在台上用力地唱著，我在台下喝可樂配花生米。然後他們下台了，下一組樂團上台表演。我跟他們的樂團就在角落喝了起來，划拳講冷笑話或是罵總統是笨蛋等等地談笑著，散場後各自搭上計程車回家（喝酒不開車，開車不喝酒），然後一天就這樣過了。

對了，他為燕子伴奏的曲數已經到了No. 937。

辭海的工作量感覺並不算太大，但好像也不少。

他常常一個人在錄音室裡弄音樂，弄到我半夜四點起床尿尿還能聽見天花板透過來的悶悶的音樂聲。有時候作品很趕，他甚至會兩天兩夜沒睡覺，桌上一堆喝完的咖啡罐，菸灰缸大概半年沒倒，菸屁股插得像是農曆過年時行天宮的香爐一樣。

然後家事阿姨來了，就會把那些東西清乾淨，直到他下一次又擺爛弄髒。

記得那是耶誕節前兩天，辭海發燒躺在房間裡，整天沒出門，當然也就沒吃東西。

我不知道他發燒，因為他沒講，我出門時他在睡覺，所以我也就沒注意到。那天下班回到家沒看到他，錄音室裡也沒有人影，但鞋子跟車子明明都在。

我撥了他的電話，鈴聲從他的房間傳出來。

「是忘了帶電話出門嗎？」我一邊這麼想一邊打開他的房門。

他癱在床上，「……國維，我好不舒服……」他有氣無力地說著。

耳溫槍顯示溫度是三十九度八，他整個人燙得像是再多幾度就會冒煙。

我趕緊把他背下樓要送醫院，但想起我的車子停在十分鐘路程外的停車場，跑過去開回來也要十幾分鐘，想起有救護車可以叫，但只是發燒就叫救護車會不會太小題大作？接著我撥電話叫計程車，車行說雨天計程車生意比較好，要等十五分至二十分才有車。

最後我開著辭海的車把他送到醫院去。

醫生開了兩支大針和一包點滴給他。

他在急診區打點滴時拉著我的衣服說「國維，我好餓」，我就跑去便利商店買麵包給他吃，我怕急診區不能吃會散發出味道的食物。

他吃完麵包時說「國維，我好渴」，我又跑到便利商店買水給他喝，因為他在發燒，所以我還買了不冰的。

他喝過水之後說「國維，我想大便」，我就幫他把點滴掛在有輪子的點滴架上，讓他推著去上廁所。

他上完廁所之後又說「國維，那個綁馬尾的護士好像很漂亮」，邊說邊用眼神指著一個正在忙東忙西的護士，這時我就知道他差不多退燒了。

接著他從口袋裡拿出線形耳機，說「國維，你有幫我帶手機嗎？我想聽ＭＰ３」的時候，我差點就把他的病床給翻了。

「幹！你是來急診室度假的嗎？」我說。

兩天後的耶誕節，我給所有的客戶發了群組訊息，祝他們耶誕節快樂。

這時我就要感謝手機大廠發明了智慧型手機，用 app 或 Line 傳訊息不用錢，傳到手機沒電也不用擔心帳單會爆炸。

這大概是業務這一行的習慣，逢年過節的，對客戶要多加問候表示關心，用意是提醒他們：「看吧，我沒有忘記你……」的錢。

婉燕也是業務，她也發了群組訊息祝我耶誕節快樂，而且那訊息還有耶誕樹的圖樣，明顯比我的還要精緻。

輸人不能輸陣，我馬上回傳一棵椰子樹給她。她似乎一頭霧水，傳了幾個問號給我。我又回傳了幾個驚嘆號，外加人物崩潰的圖樣。她回傳了一個無奈的表情，我回傳了一個人在地上打滾的圖，然後她就沒再理我了。

辭海的工作基本上是沒有「客戶」的，嚴格說起來那些都不是客戶，而是工作夥伴，這群人平時就一直在 app 來 app 去，過節時沒收到祝福的字眼，卻收到一堆圖也是很正常的。

「其實我不懂，不信耶穌的人為什麼要過耶誕節？」我問。

「我也不懂。」辭海說。

「他生日干我屁事？照這種邏輯來看的話，我信媽祖，那不就要過媽誕節？」

「祖誕節？」

「那信觀世音菩薩的呢？」

「觀誕？世誕？音誕？菩誕？薩誕？好像沒一個比較順的。」

「那信阿拉的呢？」

「阿誕？拉誕？」

「只信自己的呢？」

「呃……」他思考了一會兒，低頭看了看自己的褲襠，然後又站起來，做出要脫褲子的動作。

我連忙阻止他，「幹！你不要三不五時就要脫褲子！他媽的你是蠟筆小新嗎你？」我歇斯底里地叫著。

就在我忙著阻止他脫褲子的時候，辭海收到了一則Line。

他拿起手機打開來看，看著看著，便自顧自地傻笑了起來。（他的褲腰帶還沒扣好，所以看起來像個白癡……）

「你在傻笑啥？」

「你自己看。」他把手機螢幕轉到我面前，臉上還是掛著傻笑。

那是燕子傳給他的，寫道：「親愛的你呀，今天是冬天裡最溫暖的耶誕節喔！祝你耶誕節快樂！今晚有空嗎？我們一起去吃麻辣火鍋！我已經訂好位囉！」

「哎唷！出運了喔！快衝啊！」我替他高興著。

「這表示她喜歡我嗎？」

「不，不表示，她只是單純找你吃麻辣火鍋而已。」

「既然不喜歡我，為什麼要約我吃麻辣火鍋，而且還用『親愛的你』當開頭？」

「就跟寫信一樣，開頭都會寫親愛的某某某這樣啊，但我覺得她至少是把你當好朋友啦，要說喜歡可能沒這麼快。」

「你又知道？說不定她今天會跟我告白。」

「你想太多！你乾脆說她今天要幫你生小孩。」

「哪有那麼快？」

「那就對啦！八字都還沒一撇，你就在幻想她要跟你告白，做夢比較快啦。」

「所以我要回傳什麼比較特別的？」

「這還能有什麼特別的？就說你有空可以去就好了啊！」

「不行，太一般了。」他說。

「所以你想傳什麼？」

說著說著，他的眼睛轉了一圈，然後「啊」了一聲，像是頭頂上亮了個燈泡。

然後他傳了一張圖，是個把口袋掏空表示窮困的卡通人物。

「這是什麼意思？」

「裝可愛啊。」

「人家約你吃麻辣火鍋你在裝什麼可愛？而且最好這張圖跟裝可愛扯得上邊啦！」

「我相信她看得懂我的意思。」

「這張圖能有什麼意思？我怎麼看都覺得你在拒絕。『哎唷我沒錢所以妳還是自己去吧』這樣。」我一邊說一邊演。

「她會知道我是開玩笑的啦。」

「她最好要知道，不然你麻辣火鍋的約會就飛了。」

過了一會兒，燕子回傳一隻熊在海扁一隻兔子的圖。

辭海馬上回傳一張扭捏的熊、一張崩潰的兔子、一張在大哭狂奔的兔子，還有一張熊坐在馬桶上的圖。

「這又是什麼意思？」

「這就是我有點不好意思，她剛剛打我我崩潰然後大哭狂奔，然後吃完麻辣火鍋回家會拉肚子這樣。」

「……你覺得她會懂嗎？」

「我想她會的，她這麼聰明，對吧？」

結果燕子回傳一張熊火大的圖跟一張 bye bye。

辭海趕緊回傳：「晚上在哪裡吃火鍋？剛剛那是國維在亂傳的啦！妳知道的，國維有點精神問題……」

我才終於知道他是在陰我。

這天，說他也不懂為什麼要過耶誕節的辭海跟燕子去吃麻辣火鍋，我一個人在家叫麥當勞外送。當我看到外送工讀生站在門口替我送餐的時候，心裡感到比較安慰：「至少我在家閒著過節，他還要工作，多可憐。」我這麼想著。

大概三個小時之後辭海回來了，臉上並沒有開心、雀躍的神情。

「原來她不是只約我而已，那封是群組訊息，她約了整個樂團的人去。」他說。

「拜託，你至少還有人陪吃麻辣火鍋，我自己在家啃麥當勞耶。」

「去赴約的路上，我一直在說服自己要鼓起勇氣，至少對她做點喜歡她的暗示，可是樂團的人都在，我沒機會說。」

「沒關係啦！還有機會。」

「有機會，沒勇氣。」

「勇氣再培養就好了。」

「等到培養好了，機會也沒了。」
「那就自己製造機會啊，去約她。」
「約她去哪裡？」
「散步吃飯逛夜市都可以啊。」
話才說完，辭海就收到訊息。
燕子說：「感覺你今天一直欲言又止，是不是有話想說啊？」
「快！」我喊著，「她把球做給你了，用力給它殺下去！」
這時他正花癡般地傻笑著。
「那要殺什麼下去？」
「殺什麼都可以，記得含蓄一點就好。」
然後他傳了一張狂流口水的圖。
幹……
我開始懷疑他以前的阿一跟阿二是怎麼追到的。

＞＞＞

「這世界就像個精神病院，每個人都是病人，只是嚴不嚴重而已。」辭海說。
「幹！最嚴重的就是你！」

15

一天媽媽打電話來，說我已經快兩個月沒回家了，問我在台北是否一切安好，吃的住的能否習慣，工作是不是順利，台北比較冷是不是有多穿衣服，有沒有交到新的女朋友？

我媽說台北的女生比較會打扮，漂亮的很多，叫我不要太挑剔，快點找一個試著交往看看，可以的話就快點結婚了。

這才是她這通電話的重點，其他的都是題外話。

她這意思好像是在叫我隨便從路邊拉一個娶回家，感覺好像在菜市場挑菜挑魚買肉一樣。

「所以我是要走過去問說『小姐，請問妳一斤賣多少錢』這樣嗎？媽。」

我媽嘖了一聲，「我不是這個意思。」

「還是妳想把我給賣了？媽！妳不要我了嗎？我是妳的乖兒子啊！」

我媽又嘖了一聲，「我想賣也沒人買。」

「什麼？媽！所以妳是要把我送人嗎？不要呀媽！」

我媽這次就沒嘖了，「算了，當媽媽沒說過。」

我想三十歲大概是父母親心裡的一條界線，一旦孩子的年紀超過三十歲，他們心裡的警鈴就會鈴聲大作，開始有意無意地試探你：「哎呀！你年紀也不小了。」「哎呀！單身雖然好，但老了也要有個伴比較好。」「哎呀！隔壁王太太的兒子上個月結婚了，讓媽看得好羨慕。」「哎呀！菜市場好多跟媽媽同年紀的都當阿嬤了。」

如果你還是無動於衷，他們的有意無意就會開始變成非常有意。

我媽上一次叫我快點交女朋友的時間點是我跟前女友分手後的兩個星期，那時我還在療情傷，天天聽梁靜茹的〈分手快樂〉安慰自己，她走進我房間來問我：「你有沒有新的對象了？」

「媽！並不會這麼快交新女友好嗎，我跟上一個分手也才兩個星期而已。」

「什麼？兩個星期而已嗎？我怎麼覺得好久了。」

「那不錯啊，妳應該過得很快樂，因為快樂的時間總是過得好快。」

「人家那個住我們家對面社區的鄭媽媽，她女兒跟你同年，亭亭玉立又漂亮乖巧，媽媽看了好喜歡。」

「好喜歡？那妳去娶她啊。」

「我怎麼可以娶她？我是要你跟她認識看看啦。」

「媽，我知道妳說的是誰，她叫鄭惠容，小學是我隔壁班的。」

「對對對，就是她，既然你們是小學同學，那認識就更自然啦。」

「她不可能答應，我小學的時候掀過她很多次裙子，她非常恨我。」我說。

其實我沒掀過她的裙子，但我知道她是誰。

如果我不這麼說，我媽有八成的機率會去跟鄭媽媽約時間相親。

是的，相親。好恐怖的一件事情。

這根本就是公然的販賣人口，雙方家庭面對面，商品就是自己的孩子。品頭論足還不打緊，講到最後竟然莫名其妙開始討論起聘金禮數跟結婚日期。

男女雙方甚至還不認識啊我的老天爺。

我媽已經不只一次想替我安排相親，不過我從沒讓她得逞就是了。

有時候真的覺得媽媽這個職業很厲害，她們總是有辦法找到對象要介紹給你，好像你是她的寵物狗或貓，她找了另一隻要來跟你交配。

婉燕也跟我說過她被家人逼著要去相親的事情，這讓我感到不可置信。

第一，她才二十五歲，還很年輕。

第二，她長得很漂亮，我相信追她的人應該不少，怎麼會需要去相親？

她說她母親很年輕的時候就結婚了，十九歲就生下她哥哥，二十二歲就生下她，二十四歲又生下她弟弟，哥哥去年結婚了，太太今年懷孕，預產期是五月，沒意外的話會是個金牛座寶寶。

「我媽現在才四十七歲，幾個月後她就要升格當奶奶了，我大概可以理解她為什麼比我還急。」她說。

「可是妳還很年輕啊。」

「在她眼裡已經不年輕了。她說女人的青春很短暫，時間一過，好對象就難找了。」

「什麼是好對象？」

「大概就是有責任感、肯上進、又顧家，然後溫柔體貼脾氣好之類的吧。」

「剛剛妳說的那些我好像都有。」

「是喔？那你怎麼沒有女朋友？」

「妳這麼漂亮美麗大方又善解人意都沒男朋友了。」

「你又知道我沒男朋友？」

「瞎密？」我心頭一震，「所以妳有男朋友啊？」

「有啊。」

「是喔……」我說。自己都能感覺到語氣裡的失望。

「是啊。你好像很失望？」

「喔不！沒有！」我立刻裂嘴笑開，「我替妳感到開心啊。」

「不，一點都不開心。」

「為什麼？他對妳不好嗎？」

「他已經要結婚了。」

「什麼？」我更震驚了，「所以，妳是外面的……小三？」

「他還有孩子了。」

「我的老天……」

「雖然如此，我還是很喜歡他啊，所以我會祝福他。」

「妳怎麼……這麼笨？」

「不過他不喜歡我啦。」

「不喜歡妳？但他是妳男朋友？」

「對啊，我在說布萊德彼特啦！我都跟別人說他是我男朋友。」

「……」

「你怎麼了？」

「我有點頭暈……」

「哈哈！」她笑了出來，「幹嘛這樣，我不能幻想他是我男朋友喔？」

「可以，可以，當然可以。」

「那就好啦。」

「跟妳說一個巧合。」

「什麼巧合？他也是你男朋友？」

「欸對，我們相愛好多年……喂！不是啦！」

「不然是什麼？」

「我的英文名字也叫布萊德。」

「真的嗎？」

「是的，全名叫布萊德彼維。」

「哈哈哈！」她笑得好開心，「你好啊，布萊德彼維。」

這天其實是我鼓起勇氣打電話約她吃消夜的，在晚上八點半的時候。

她非常納悶，「八點半？吃消夜？」但她還是答應了。

我們從饒河夜市頭走到饒河夜市尾，一樣東西都沒吃，只顧著聊天。

走出夜市之後，我們才發現原本是打算來吃消夜的，所以又回頭從夜市尾走到夜市頭。

快樂的時間總是過得很快，離開夜市的時候，已經快十一點了。

身為一個紳士，把女伴安全送回家是非常基本的禮貌。

揮霍

我說的是送回她的家，不是送回我家。
雖然，我並不反對。
喂！
本來她是要我送她到捷運站，但上了我的車就是我的人……喔不，是上了我的車，車子是我在開，所以她只好乖乖地帶路。
她家跟我家距離大概是三十分鐘左右的車程，因為時間晚了，路上車子也少了，她下車後，我回到家只花了十九分鐘。
進門時我是在哼著歌的，辭海見我這麼開心，說人過太爽會死得早。
這個死殺千刀的。
「我剛剛跟婉燕一起逛夜市，度過了一個美麗的夜晚，因此讓我少活幾天也沒關係。」我說。
「你少在那邊囂張。剛剛燕子傳 Line 給我，說明天約我吃下午茶。」
「是喔？這麼爽？」
「當然。」
「會不會又整個樂團一起出現？」
「不，我確認過了，只有我跟她。」

「人過太爽會死得早。」

「沒關係，牡丹花下死，做鬼也風流啊！」他說。

因為隔天又要到宜蘭去跑業務，路程較遠，我得早點起床出發。

於是我快速地洗了澡（任性的電熱水器依然任性），然後迅速地躺到床上。

「今晚逛夜市很開心，晚安。」這是我快睡著時婉燕傳來的 app。

這下糟了，我會開心到睡不著啊。

＞＞＞人過太爽會死得早。

16

一天，辭海在錄音室裡破口大罵。

因為他們沒關，聲音很快地傳到在樓下房間看電視的我的耳裡，我以為他發生了什麼事，衝上樓一看，他坐在沙發上，拿著一張紙在罵髒話。

「發生什麼事？」

「我再也受不了這種自以為厲害但其實沒什麼內涵又愛賣弄文字的新人了。」他說。

說完，他把那張紙遞給我，「你自己看，這是在寫什麼東西？」

紙上印著一首歌詞，歌名是〈生鏽的草莓〉。

歌詞是這樣的：

就快要崩潰，深夜的太陽照得我無法入睡，
別人半瓶威士忌才能喝醉，我只要一顆草莓。
你就是草莓，鮮紅的糖衣包裹著高調的危險，
酒精再烈也比不上你一眼，嚐一口便生離死別。

你是草莓，生鏽的草莓。
你眼裡透露的憔悴，擁抱也給不了安慰。
我愛草莓，你身上的鏽味，
是草莓崩壞前的一抹甜美，愛上你等於活受罪，
我累，卻依然愛你，就是你，草莓。

我讀了一遍之後放下歌詞，「是不是我中文不好還是程度太淺的關係，我看不懂他在寫什麼。」

「是啊！操他媽的那是在寫什麼東西？」

「為什麼深夜會有太陽呢？」

「國維，他的問題不只是這句而已，他好幾句都有問題。光是歌名問題就很大了，為什麼草莓會生鏽呢？」

「我也不知道，會不會是要表示什麼特別不一樣的？」

「要特別沒關係，要不一樣也沒關係，那要寫草莓會生鏽有沒有關係？當然沒關係啊！絕對可以啊！創作是完全自由的，不受任何拘束的。但自由不受拘束跟亂來不一樣，

不然全世界都能寫詞寫曲了。他要把草莓寫成會生鏽的，就要說明為什麼會生鏽啊，至少要讓聽眾知道生鏽代表的意義啊。」

「是的，我想也是。」

「再來，深夜裡沒有太陽，草莓也沒有糖衣，有糖衣的是他媽的糖果，不是草莓。還有，讓我更火大的是這句『嚐一口便生離死別』，這是在寫三小朋友自遠方來！到底是草莓是毒藥還是砒霜？」

「等等！你剛剛說什麼自遠方來？」

「三小朋友自遠方來。」

「哇哈哈哈哈哈哈！」我大笑了起來，「這是新的說法嗎？三小朋友自遠方來？」

「還有三小朋友露安感冒糖漿。」

「靠！這又是三小？」我捧著肚子笑到不行。

「幹！笑屁啊！這不是重點，我很認真在罵人你沒聽到嗎？」

「有啊，我有聽到。」

「那你還笑，他媽的我都要氣死了。」

好不容易笑意退去了，我拍了拍辭海的肩膀，「這麼一點事，你也能氣到這樣？」

「這絕對要生氣的啊！唱片公司要推新人很正常，但也不能亂來啊！新人會寫歌就讓他自己寫，對，這立意當然很好，但寫這東西能看嗎？這叫會寫歌？真以為歌詞只要把字填上去就好了嗎？這是什麼阿里不達不三不四啊？我寧願他整首歌都啦啦啦啦或是哩哩哩哩哩，也不要這種亂七八糟的詞。」

「那他就會自己種下敗因啊，這種歌手就不會紅啊。」

「他不會紅當然是他的事，但這會讓消費者認為做唱片的就是這麼隨便亂來，胡亂搞一搞弄一弄就上架賣錢了，他影響到的不只是他自己不會紅，還影響到我們這些音樂從業人員啊。」

「嗯！說得也是。」

「唱片公司有時候好像被趕鴨子上架一樣急就章，歌詞丟給我們就說：『哎呀！這一首很趕喔！麻煩下星期就要交。』交？交什麼？他詞亂寫，我曲能不能亂譜？反正大家一起爛啊！」

「呃……這樣不好吧？」

「對！國維，你講得太對了！就是這句他媽的這樣不好吧，我們自己良心過不去，還是把曲寫好交給他們了，然後他們把歌拿去唱，然後被消費者幹譙，被市場淘汰，我在錄音室裡的努力就白費了，那我幹嘛幫他寫？」

「嗯，有道理。所以這一首怎麼辦？」

「怎麼辦？不要寫啊怎麼辦？我不寫自然有別人寫。」

「所以不交沒關係？」

「不交怎麼會沒關係，不交當然有關係，不交就沒錢賺啊。」

「那你就賺錢就好，管他那麼多。」

「為了幾萬塊搞爛自己的作品？我寧願不幹。」

「所以……」我指著那張歌詞。

「垃圾，不看也罷。」他說，氣得滿臉通紅。

大概半小時後，辭海接到阿尼的電話，「幹！那首〈生鏽的草莓〉是什麼東西啊？」阿尼在電話那頭叫著，連我都聽到了。

「你也收到了？」辭海一邊問阿尼，一邊把手機調成擴音。

「我才剛到家收個 mail 就看見這災難，唱片公司說要我幫他修詞，啊這是要怎麼修？這只能重來啊！」阿尼說。

「所以這 case 你要接啊？」

「無關接或不接。這傢伙是幹嘛的？」

「沒記錯的話，是唱片公司接下來要推的新人。」

「他詞寫成這樣唱片公司要推他？把他推下懸崖比較快啦。」

「所以你要不要修啊？你要修的話，我就等你的詞再來寫曲。」

「我不知道耶，明天再看看吧，不過依我現在無奈的程度，我可能會不小心把他的詞改成〈生鏽的草尼馬〉就是了。」

「幹！阿尼，你是天才！〈生鏽的草尼馬〉肯定會比這一首還要紅啊！」

「哎唷！那我就改成〈生鏽的草尼馬〉囉！」

「好喔！那我就等你的詞囉！」

「OK，等我！」

電話掛了之後，辭海看了一下手錶，然後轉過頭來跟我說：「現在是晚上十點，粗略估算，大概兩點前就會收到阿尼的新詞。」

「一、二、三……」我算了一下，「四小時？」

「對，四小時，這已經低估他了，以他的速度可能會更快。」

「你們合作很久了嗎？不然你怎麼這麼清楚他寫詞的速度？」

「其實寫詞要快，我相信滿多作詞人都能辦得到，但品質就不一定了。創作這東西很難講，可能有時候靈感一來擋都擋不住，一首很難填的詞也可能兩三個小時搞定，也可能一個字都寫不出來，一首簡單的詞寫了兩星期還在難產。」

「你的意思是說，阿尼的靈感很充沛？」

「不是，他自己說過，靈感這東西幾乎不曾來找過他，他能有這樣的能力，純粹是因為跟文字創作相處太久了，他有太多種方法跟經驗，可以幫助他用文字來拼出一個作品，不管是歌詞還是小說。」

「所以他一直都這麼快？」

「他是我見過最快的詞手，速度之外，還能兼顧品質，到目前為止，我跟他合作了十幾首歌，他最慢也只要一天。」

「幹！好強。」

「但是他寫小說就沒這麼快了，他說他經常不自覺地習慣性拖稿，他的編輯總有一天會被他氣得腦溢血或中風之類的。」辭海說。

然後我們扯到了別的話題，無意間聊到燕子，我才想起他跟燕子的下午茶約會。

「對了，你前幾天不是跟燕子去吃下午茶？」

「對啊。」

「怎麼樣？有進展嗎？」

「什麼進展？」他在裝傻。

「就那方面的進展啊。」

「哪方面？」他繼續裝傻。

「幹……」

「好啦，我跟你說，她會約我吃下午茶，其實是有件事想跟我說，她說她很信任我，要我不能告訴別人。」

「她說了什麼？」

「我答應她不講的。」

「你跟我講就等於沒講，我這個人守口如瓶，而且我跟燕子沒有厲害關係，所以沒差吧？」

他思考了一會兒，「好吧，我只說一次，而且不再重複。」

「好。」

「她說，」辭海深呼吸了一口氣，「她懷孕了，但男友跑了，她不知道該怎麼辦，又不想墮胎，所以她想找一個現成的孩子的爸爸，問我有沒有意願。講完，別問任何問題！就這樣！」辭海說，說完就去忙他的事了。

這話聽完，我想我的眼睛大概瞪得跟網球一樣大。

大概過了五分鐘，辭海說他要去泡咖啡，問我要不要也來一杯。我點頭說好。

突然間，我在他的眼角發現某個很熟悉的訊息，「幹……」我說：「辭海，剛剛那是你的……幽默感嗎？」

這時他已經走到樓梯口，轉頭過來衝著我哈哈大笑，「國維，你該看看你剛剛的表情，哇哈哈哈哈哈哈哈哈哈哈哈哈哈哈哈！」

這下咖啡也不用泡了，他被我用十字固定法壓在地上動彈不得，我逼他一定要說十次「我再也不敢用爛幽默感欺騙國維的感情」才肯放開。

後來他才說，燕子不想在 Pub 繼續唱下去了，她已經知會她的親戚，並且承諾會找一個歌手來接唱她的時段。

「她說我在音樂圈工作，認識比較多圈子裡的人，要我幫她找接替人選。」

「她不唱了要幹嘛？」

「她白天還是有工作啊。」

「喔，也是。」

「但她有說過，她存夠錢的話，就要出國遊學了。」

「所以？」

「我擔心第一千首幫她伴奏的歌完成之後，〈揮霍〉還沒寫完，她就不在台灣了。」

他說。

>>>我再也不敢用爛幽默感欺騙國維的感情。

17

我在桃園有個客戶，對方是個非常會喝酒的大哥，姓陳，大概五十歲上下，身材又高又壯，圓得像圓規畫出來的啤酒肚是他的認證標記。他對來應徵的技師只有兩個要求：「技術要好，酒量要好。」每次去拜訪他，一定要搭計程車去，而且當天沒辦法再拜訪其他客戶，因為他三兩下就能讓我茫酥酥地離開。

偏偏婉燕在我跟陳大哥喝「下午茶」的時候打電話來，說：「今天是領薪日，我可以把欠你的晚餐還給你了。」

那天的下午茶沒有咖啡也沒有茶，當然更沒有蛋糕餅乾或甜點，而是一瓶蔘茸藥酒加高粱，陳大哥說冬天喝這一味，保證不會冷。

是啊，他說的對，真的不會冷，但是會吐，而且是吐到想哭。

我在下午四點多離開陳大哥的保養廠，帶著五分醉意和昏沉的腦袋搭上計程車，目的地是桃園火車站。我記得我買票走到月台的時候還算清醒，但不記得為什麼，我竟沒有搭上火車，就在月台的候車椅上睡了一個小時。

而我跟婉燕約六點半，地點是同一家迴轉壽司店。

等我醒過來的時候，天都已經黑了，那當下，我的心立刻涼了半截。

「這下完了，上次塞車遲到十分鐘，這次不知道要晚多久。」

我搭上五點四十分的自強號，到台北是六點十一分。距離我跟她約好的六點半只剩十九分鐘，在下班的尖峰時間，想在十九分鐘內從台北車站抵達那間迴轉壽司店，幾乎是不可能的任務。

從車站衝出來到搭上計程車，我只花了兩分鐘，「司機先生，我要到永和中正路，麻煩你替我趕時間。」我說。

「先生，」司機大哥操著台灣國語的口音說：「我只能給你盡量趕啦，但現在是下班時間，要多快我想也有限啦。」

「沒關係，你就盡量啦。如果你能在六點半以前到的話，我多補你五百塊。」

他看了一下時間，「六點半到是不可能的啦，你以為我的車是變形金剛喔？」

「那不要慢太久可以嗎？」

「我盡量啦，說不定只慢幾分鐘啊，那六點三十五分到有沒有五百塊？」

「六點三十五分到只剩三百。」

「夭壽喔，多五分鐘就少兩百塊，這年頭賺錢真難。如果我替你趕時間，結果超速被拍照，多收你的五百塊拿來繳罰單都不夠……」

說話的同時，他已經猛催油門在車陣中穿梭狂奔了，看樣子他真的很想賺這五百塊。而我也拿出手機傳 app 給婉燕：「抱歉我又要遲到了，司機正在努力地上演《終極殺陣》，我看他油門快要踩破了。」

婉燕回傳：「沒關係，安全要緊。《終極殺陣》很好看。」

到目的地的時候，時間是六點三十八分，我把車資付給司機，他一邊搖頭一邊抱怨：「都是紅綠燈害的啦！害拎北少賺三百塊，台北的紅綠燈久到可以生小孩了！拎老師咧……」這話他用台語說的，我下車時噗嗤笑了出來。

吃飯的時候，我把我跟司機的對話告訴婉燕，她笑得很開心，又罵我很笨。

「你多付五百塊給司機怎麼對？應該要付給我啊，是我在等你呀。」她說。

「這麼說好像有道理。」

「當然有道理，他本來就應該把你載到目的地，但我可不是應該等你的啊。」

「哎呀，對不起，我保證下次不會再遲到了。」

「應該是沒下次了，跟我吃飯連續兩次遲到，扣分。」

「已經扣分了？」

「對，扣分了，扣扣扣！」她一邊說一邊用手畫叉叉。

「那我還剩幾分？」

「六十一吧，及格邊緣。」

「還好，還有及格。」我拍拍胸口，呼了一口氣。

「你這麼慶幸幹嘛？」

「還好有及格啊。」

「原來你只求及格啊，我再隨便扣一下就不及格了。」

「那不及格會怎麼樣？」

「不及格就列為拒絕往來戶。」

「列為拒絕往來戶會怎麼樣？」

「列為拒絕往來戶就不會接你電話跟你吃飯了。」

「但這一頓是妳欠我的不是嗎？」

「是啊。」

「所以妳今天還完了，我們就扯平了？」

「當然啊。」

「那還欠我的一小時五十分呢？」

「哎呀！你真的連這個都要算？好，那本姑娘就來跟你算。」她捲起袖子，「上次我讓你等了兩小時，還了十分鐘，所以還欠你一小時五十分；這次你又讓我等了八分鐘，所以剩一小時四十二分；那我們這個週末去喝咖啡，約下午三點，但我一點十八分就會到，而你只要準時三點現身就好，這麼一來，我就還完了。」她說。

「小姐，妳數學不錯，但邏輯錯了。」

「哪裡錯了？」

「我們約下午三點，妳欠我一小時四十二分，那我應該是四點四十二分到才對。妳一點十八分到叫作自己提前到，不叫等我。」

「喔……好吧。」她吐吐舌頭，「算你說的有理，本姑娘就不跟你計較了。」

「但要還一小時四十二分其實不需要這麼麻煩。」

「不然要怎麼還？」

「妳今晚有沒有事？」

「沒有啊……怎麼了？」

「那等等我就可以讓妳還這一小時四十二分了。」

「怎麼還？」

「等等妳就知道了。」

「快說，怎麼還？」

「妳等等就知道了嘛。」

「不，你快講，要怎麼還？」

「別急，妳等一下就會知道啦。」

「不要，你現在講。」

「不要，妳等等就知道了。」

「現在講。」

「等等知。」

「現在講。」

「等等知。」

「現在講。」

「……」

我們就這樣跳針跳到買單。

走出迴轉壽司店的時候，冷風迎面吹來，氣象說今天會有寒流來襲，氣溫下探十度。

「氣象說今天寒流會來，你看，就連寒流都比你準時。」婉燕說。

「但現在已經是晚上了，今天都快過完了，它應該算是遲到。」

「即使是晚上，也還是算今天，所以它是準時的。」

「不，它應該早上就要到了，所以算遲到。」

「算準時。」

「算遲到。」

「算準時。」

「算遲到。」

「算準時。」

「……」

抱歉，我們又跳針了。

搭上計程車的時候，她還一直問我到底要怎麼還那一小時四十二分，我則是微笑以對，什麼也沒有說，一直到電影院，她才「喔——」地拉長音，恍然大悟。

看電影前我還買了飲料，她說看電影哪有不配爆米花的，我問她要甜的還是鹹的，她先是說甜，後來說鹹，就在我要跟櫃員講的時候，她又改說甜，我問她確定了沒，她說不確定。

後來我買了一半甜一半鹹，她就說其實她吃不下了，剛剛是鬧我的。

我差點把她的頭塞到爆米花機裡去爆。

那部電影片長兩小時十分，再加上前面有約十分鐘的新片預告，散場後她開始跟我精算她多還的三十八分鐘。

「那這樣好了，這個週末我們去喝咖啡，約下午三點，但妳只要三點三十八分到就好了。」我說。

「誰要跟你喝咖啡？我沒有說要跟你喝咖啡啊。」

「妳吃飯的時候說的。」

「本姑娘打算賴帳了，要你欠我這三十八分鐘欠久一點，利息生多一點再一次討回來。」

「那利息怎麼算？」

「一天利息十分鐘。」

「那等於我的生命一天少十分鐘。」

「這是你欠我的。」

「那我可以每天還嗎？」

「怎麼還？」

「等我還了妳就知道了。」

「你現在說。」

「等我還了妳就知道。」

「現在說。」

「等等知。」

「現在說。」

「妳又要跳針了嗎？」

「跳針的是你。」

「是妳。」

「不，是你。」

「不，是妳。」

在走向捷運站的路上，我們持續跳針。（抱歉……）

她搭上手扶梯消失在地平線時，我照慣例打電話給辭海，要怪罪他家為什麼不在捷運站附近，但他沒有接。

我回到家的時候，辭海正在編曲。

我走到他旁邊一看，〈生鏽的草尼馬〉的詞就躺在他的琴邊。

辭海說他跟阿尼不會把這首歌交出去，只是做來玩玩的。

「做來玩玩的音樂，因為沒有製作壓力，通常會是最棒的。」辭海說。

辭海在樓上用電吉他嘶吼的時候，婉燕傳了 app 給我。

「你還沒跟我說每天的十分鐘怎麼還？」

我回傳「十分鐘」給她，她回傳了三個問號給我。

「十分鐘。」我又傳了一次，她依然不懂。

「我已經還了。」我說。

這回她懂了，傳了「王八蛋！早點睡！」六個字。

不知從哪裡悄悄冒出來的，心裡有種溫暖的幸福感。

>>>王八蛋！早點睡！

揮霍

〈生鏽的草尼馬〉

就快要崩潰，這程度的歌詞到底是什麼鬼，
像在四書五經裡畫了烏龜，我看得眼睛好累。

你就是烏龜，破洞的腦袋下雨天自然會進水，
那草尼馬玩具就擺在公園，而你連騎都不會。

你是烏龜，草尼馬烏龜。
這兩種動物的配對，上帝看一眼都不屑。
歌詞亂寫，你自以為高貴，
程度崩壞連倉頡都要心碎，爬出墳墓猛掉眼淚，
我累，替你修歌詞，就是你，吃大便。

羨慕

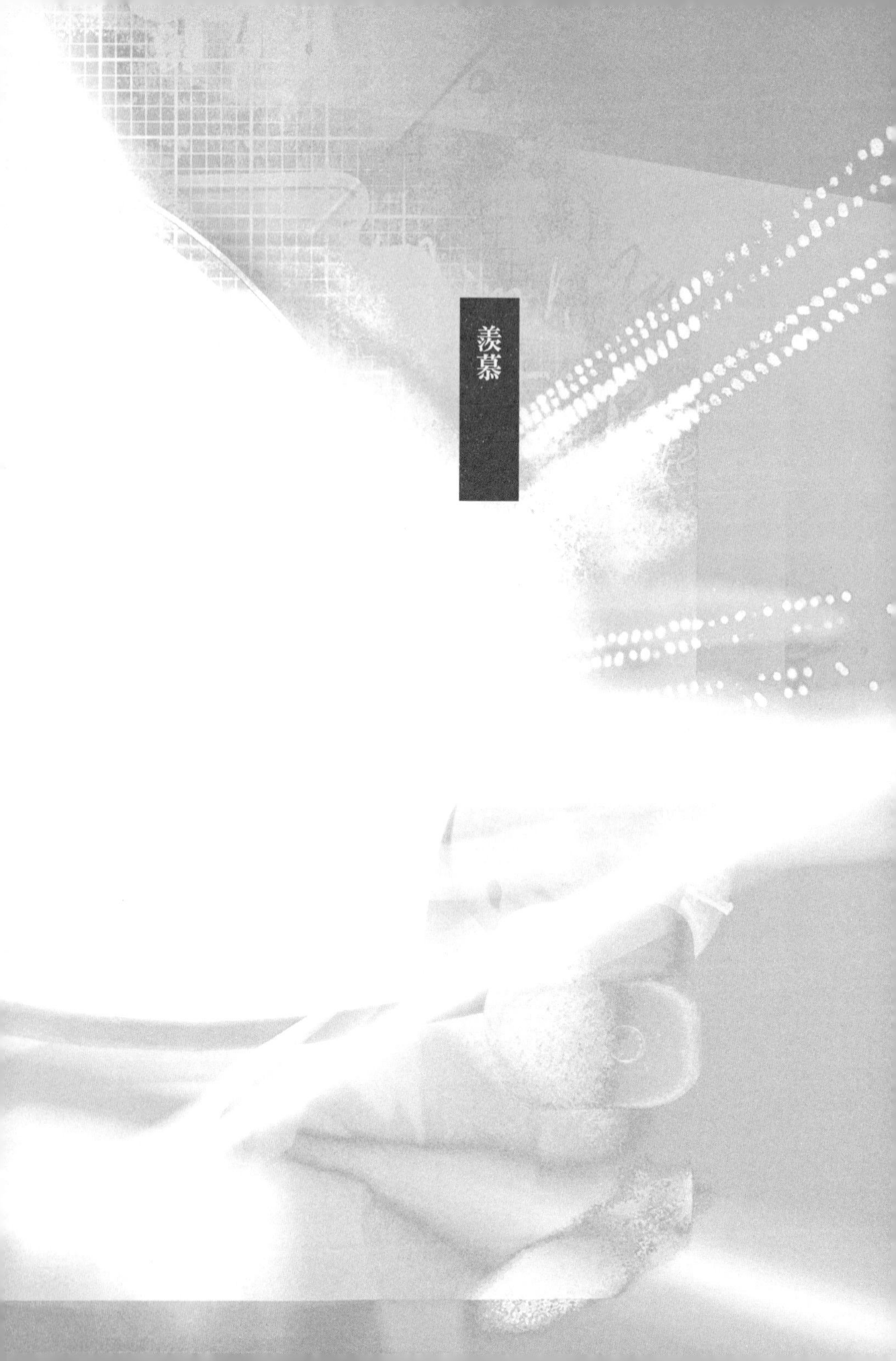

每個人都會羨慕別人的生活，
就好像我會羨慕阿尼一樣。
在我羨慕著阿尼的同時，其實我也羨慕著辭海。
他們都是擁有一身才華專長的人，
並且用這些專長在社會上闖出名堂。
跟他們相比，我就弱多了。

18

然後就換我感冒了。媽的。

我想一定是在桃園車站的月台上睡著的結果，蔘茸藥酒配高粱依然讓我著涼，這是年紀大了還是我體弱多病？

拖著嚴重的頭痛和快被擤破的鼻子，我繼續努力地上班，不知道公司會不會因此感動而發給我比較多的年終獎金？嗯，不用妄想了，肯定是不會的。

抽空看了醫生，吃了兩天藥之後，感冒好了一大半，一早出門準備上班，才剛跨出門口，眼前一個黑影掉落，「啪」的一聲砸在地上，我嚇了好大一跳，趕緊跳開，抬頭一看，那個牙齒招牌掉下來了，我的睫毛跟鼻子都感覺到一陣風，大概只差五公分那招牌就會砸到我了。

我走進去把就要睡著的辭海挖了起來，告訴他那顆牙齒掉下來了，要他出來看看，他有點恍惚地說：「去看醫生啊……」

「看個屁醫生！是你門口的牙齒招牌掉下來，不是我的牙齒掉下來！」

「那看護士啊……」他說。

我想他應該是爬不起來了，所以自己把那招牌收到一邊，便出門上班。

下班回家之後，辭海衝著我大喊：「國維，我的招牌掉下來了！」

「我知道。」

「你知道？」

「對，我知道。」

「你怎麼知道？」

「早上我要出門的時候，你這該死的招牌差點砸死一個優秀的青年！」

他看了我一眼，「優秀的青年是在說你自己嗎？」

「怎麼？我不優秀嗎？」

「優不優秀我不知道，但你現在好幽默。」他哇哈哈地笑了起來。

「幹！還笑！我差點被砸到，還去叫你起來看看，結果你睡到恍惚！」

「你有叫我喔？」

「廢話。」

「我怎麼沒印象？」

「很正常啊，豬通常都會睡到發生什麼事都沒印象。」

「所以你還好吧？」

「我當然很好，不然就不會在這裡跟你講話了，你倒是說說看，為什麼這該死的牙齒會掉下來？」

「牙齒？」

「對啊！這招牌不是一顆牙齒的樣子嗎？」

「誰在跟你牙齒？那是兩把吉他倒過來的樣子！」

「吉他？怎麼看都不像吉他啊！」

「我也知道它不像吉他，但是它圖還在的時候有像一點。」

「它的形狀就是牙齒啊。」

「它真的不是牙齒，是吉他。」

「我一直以為那是牙齒，還一直以為你以前可能是念牙醫的，又或者這裡以前是牙醫診所。」

「唉，這招牌其實有個心酸的故事，只是心酸的是我。」

「什麼故事？」

「很多年前，我開始寫歌寫曲，但因為收入不穩定，又不想坐吃山空，把我爸留給我的遺產給吃光，所以我開始教吉他賺點外快。為了讓學生比較容易找到這裡，我請朋友替我做個小招牌，要有吉他的圖樣，下面要寫上吉他教學四個字。但那個朋友真的很爛，根本就不能相信，他送招牌來的時候我正在忙，所以沒特別去檢查，他把招牌裝好之後，跟我收了錢就走了。等我看到招牌臉都綠了，那確實是吉他，但他把圖輸出反了，所以吉他倒了過來，吉他教學四個字也沒有做。最悲慘的是，招牌上的吉他是棕色的，兩把棕色的吉他倒過來，遠看就像是一顆抽菸抽很大，滿是菸垢的臼齒。於是我立刻打電話去興師問罪，他卻一副完全不干他的事的樣子。我當交到爛朋友就像遇到鬼，算了，但當晚氣得把圖給撕下來，久了之後，那招牌就壞了。」

「是這樣啊……」

「過了一陣子，我也沒教吉他了，因為學生很難找，一個月也才收幾千塊的學費，後來再想了想，我就把你現在住的房間稍微裝潢整理之後，刊登出租訊息，你公司隔天就來看房子，馬上就租下來了。」

「所以就不管那顆牙齒，繼續讓它留在上面？」

「我根本眼不見為淨。」

「這哪叫眼不見為淨？」

「不然？」

「你只是假裝看不見，這叫裝瞎。」我摸摸下巴，「但現在好啦，它自己掉下來了，你真的可以眼不見為淨了。」

隔天，一個難得沒有下雨且出太陽的日子，辭海中午就醒了，他打電話給我，說要跟阿尼去宜蘭泡湯，問我要不要蹺班。

身為一個專業又認真的業務，工作對我來說是非常重要的，於是我告訴辭海：「沒問題！我馬上到！」

我們租了一間湯屋，三小時九百塊。

湯屋是露天的，在山腰上，我們泡在溫泉裡，面對著一大片青綠，裊裊白煙再加上好天氣，心情頓時開朗起來。

但不知道是不是老天爺總喜歡開這樣的玩笑，就在我們準備離開時，電視新聞插播了一則快報，被封為八〇年代樂團教父的周小安早上在萬華發生嚴重車禍，已經轉送台大醫院急救。

辭海看到新聞當場雙腿癱軟，連溫泉池都爬不出來。

「那是我舅舅……」他說，眼淚立刻從眼眶裡掉了出來。

記得辭海說過，在他舅舅那年代，玩樂團的都很屌很厲害，但他從沒說過舅舅是誰，我也就沒去多想，沒想到他舅舅竟然是八〇年代最紅的樂團主唱兼吉他手。

我們用最快的速度回到台北，直衝台大醫院，辭海一路上都在用力地呼吸，要自己鎮定，但他的眼淚好像關不緊的水龍頭，我跟阿尼不停地安慰他：「不會有事啦！一定不會有事啦！」

到了醫院，只見外面有一堆ＳＮＧ車跟大批記者，加護病房外面有一些滿資深的製作人、歌手跟演員。辭海表明自己的身分，問了他舅舅的狀況，一個醫護人員說目前不太樂觀，昏迷指數只有四。

辭海的媽媽跟我們差不多時間抵達醫院，心急如焚，這時換辭海安慰著母親，「舅舅會沒事的啦！」但說著說著，母子倆便抱著哭了起來。

好像生命就是這樣吧，意外發生的時候，我們就只能希望老天爺玩笑別開太大。

我們在醫院守著，一守就守到深夜，燕子替我們帶來晚餐之後，就沒離開過辭海的身邊，辭海媽媽當著燕子的面說這女孩子很有她的緣，娶過門當媳婦應該不錯，惹得我們幾個人在這氣氛凝重的時刻難得笑了一笑。不知道為什麼，我覺得燕子一點都不覺得不好意思，反而還挺開心的。

這是我的錯覺嗎？

「辭海，」我湊到辭海身邊，把他拉到一旁，「你不覺得剛剛你媽說燕子當媳婦不錯的時候，燕子還滿開心的嗎？」

「是嗎？我沒感覺。」

「但我有耶。」

「國維，我現在沒心情想這個，如果燕子真的開心的話，希望我舅舅能平安醒過來看看他的外甥媳婦。」

「對不起，辭海，我講這些沒有別的意思。」

「沒關係，我知道你只是想讓我平靜一點。」他拍拍我的肩膀。

晚上婉燕用 app 傳了一個冷笑話給我，我回她說我笑不出來，現在人在醫院，朋友的舅舅情況不太好，她立刻就撥了電話過來。

「該不會是我在新聞裡看到的周小安吧？」婉燕問。

「對。」

「他是你朋友的舅舅？」

「對，就是我同居人的舅舅。」

「他現在還好嗎？」

「好像不太樂觀。」

「天啊……」婉燕嘆了一口氣，「他以前好紅，我爸媽都聽過他的歌啊。」

「我也是今天才知道他是辭海的舅舅。」

「希望他平安無事。」

「嗯，希望他平安無事。」

是啊，希望。

除了希望，好像就只能希望了。

但老天爺總有祂的打算，人的命運也好像被祂安排好了一樣。

辭海的舅舅在凌晨時走了。

辭海掉著眼淚，哽咽地說：「舅舅，我想跟你說聲謝謝，但你聽不到了。」

＞＞＞我們就只能希望老天爺玩笑別開太大而已。

19

辭海舅舅的告別式在除夕前一週舉行，當大家都在忙著辦年貨、張燈結彩迎新年的時候，辭海跟他媽媽數日以淚洗面，使得跟他們住在一起的我心情也好不起來。

車禍肇事的駕駛只受輕傷，他沒有肇事逃逸，也沒有酒駕，但依然受到媒體和社會的責難。他違規超速、紅燈右轉撞上周小安的過程被路口監視器拍得一清二楚，警察很快就釐清肇事責任，將他起訴。好幾次他哭著要來祭拜，都被擋在門外，他在媒體採訪的時候說，希望受害家屬給他一個為死者上香的機會，但辭海說：「我不想見到他。」

告別式那天可以說是眾星雲集，很多大牌的、資深的影歌星、製作人都來了，我這輩子沒親眼看過這種場面，不禁在心裡佩服辭海的低調。

他大可以靠舅舅的名氣跟影響力，在幕後音樂圈這一行佔上一席之地，但是他沒有，他選擇靠自己的努力來證明。當我向他表達我的敬佩時，他竟然噗嗤一笑，「就算我想靠我舅舅，他也不會讓我這麼做的。」

告別式順利完成，辭海還特地燒了兩架鋼琴跟六把吉他給舅舅，「我怕他在天堂會無聊，所以燒一些琴讓他玩。」

「那你應該再燒一些後製的儀器跟麥克風給他，萬一他想錄歌卻沒機器怎麼辦？」阿尼提出他的想法。

「啊幹！對喔！我怎麼忘了？」

「來不及了，辭海，不過我想你舅舅應該不在意啦，天堂應該沒有唱片公司可以代他發行。」

「說不定有啊！玉皇大帝唱片股份有限公司。」阿尼指著天。

「玉皇大帝呢！那要不要再來一間如來佛天際娛樂防止壟斷天堂的市場？」我在一旁搭腔。

「我覺得管這一塊的應該是觀世音菩薩，不然怎麼叫觀『世音』？」辭海說，而且開心地笑了起來。這一陣子很少看到他笑了。

辭海的媽媽在家裡住了十來天，直到除夕當天才離開台北。是我開車送辭海的媽媽去搭車的，辭海當然也一起去。在車上，辭海的媽媽要我好好照顧他，「辭海生活很不正常，半夜不睡覺，白天不起床，你要替我盯著點。」她說。

「海媽，」我這些天來都這麼稱呼她，「這事我能力有限做不來，相反的，我還常陪他一起熬夜，所以我覺得還是替他找個女朋友比較快。」

「對了，所以那個燕子……」海媽問。

「燕子怎樣？」辭海回應，語氣明顯是在裝傻。

「你如果喜歡就要告訴人家，別讓女孩子家等你，人家可沒這個義務。」海媽說。

「媽，我沒有喜歡她啊。」

「是嗎？那這幾天我常看見她是怎麼回事？」

「……就……她無聊吧我想……」他若無其事地說著，但心裡的暗爽還是藏不住的。

「對啊，她好無聊喔，無聊到幾乎每天來喔。」我調侃著。

是啊，燕子那幾天非常頻繁地出現在我們家，有時候帶來晚餐，如果來晚了還會打電話問我們要不要吃什麼消夜，海媽去睡覺的時候，他們兩個就在錄音室裡聊天，如果那天要到 Pub 去演出，辭海還會載著她一起出發。

我相信燕子對辭海是有好感的，只是那好感好到什麼程度只有她自己知道。辭海這個人雖然很奇怪，幽默感又很失敗，但是他在彈琴做音樂的時候有一種魅力，那是很自然散發出來的，連我都會覺得他這時候很帥。

我並沒有要出櫃的意思，我也只愛女生，所以請不要誤會。

跟燕子和辭海同時待在同一個空間時，我自認是一顆亮到不行的電燈泡，所以我通常都是吃完東西就會趕緊離開錄音室，除非辭海叫我，不然我都躲在房間裡跟婉燕聊天，或是跟婉燕出去約會。

是的，約會。

雖然聽起來有點怪，但至少我覺得那是約會。畢竟一個沒有女朋友的男生跟一個沒有男朋友的女生，一個星期大概見面三次，一起吃飯聊天，偶爾散個步或是喝杯咖啡，晚上睡前還會用 app 互道晚安，這關係雖然還沒有確定，但一起出門時稱作約會應該不過分吧？

我在除夕之前就將總公司寄來給我的桌曆跟年節禮品全部送到客戶手上了，這是每年一定要做的事，表示公司對客戶的感謝與關心，「親愛的客戶，你看，我們公司非常重視你……」

的錢。

其中桌曆是每年都不變的固定贈品，除了上面的圖樣會變之外，就連大小都一樣，所以沒什麼好介紹的。

但年節禮品就每年不一樣了。

前些年景氣還不算差的時候，公司還有大手筆送過聲控檯燈，就是那種用手拍兩下就會亮的，因為公司有一千多家客戶，所以一千多個檯燈送到公司的畫面還真是壯觀。

但是聽說那檯燈不太耐用，客戶抱怨才用不到半年，拍手拍到手都要斷了燈也不會亮。

後來這幾年景氣變差，各行各業都苦哈哈，禮品價值也就跟著縮水了。去年還有一支幾百塊的鋼筆，今年的禮品更便宜了，是一盒有小剪刀小訂書機的文具組。

我看不懂修配廠跟保養廠要文具組幹嘛？開修車補習班嗎？

除夕那天，為了配合政府年節期間半夜十二點到早上七點高速公路不收費的德政（其實是年終獎金不夠多，想要省點過路費），我踏上了這幾年來第一次半夜從台北開車回高雄的旅程，因為是半夜的關係，車流量沒有平常那麼多，一路時速維持在八十公里以上，回到家天都還沒亮。

我開到苗栗的時候，手機傳來收到 app 的聲音。

我以為是婉燕傳的，但拿起來一看卻是阿尼。他說：「國維呀，認識的時間雖然不長，但你是個好人，同為高雄人的我們，一見如故感覺很好，祝你新年快樂。」

為了不失禮，也為了安全，我把車停到路肩，趕緊回傳：「謝謝尼哥哥，我沒看過你的書，金拍謝，不過不用看也知道一定好看啊，對吧？也祝你新年快樂，書持續大賣呀！」然後繼續往南開。

苗栗一過，手機又傳來收到 app 的聲音。

我以為是婉燕，但拿起來一看卻是辭海。他說：「同居人，我說過，你不像房客，像是個朋友。我很高興有你這個朋友。祝你新年快樂，小心開車。」

為了不失禮，也為了安全，我又把車停到路肩，趕緊回傳：「辭海啊，你也不像房東，像個室友，很榮幸成為你的同居人，祝你新年快樂，快點去跟燕子告白！我猜她一定也喜歡你！」然後繼續往南開。

接著台中才剛到，手機又傳來收到 app 的聲音。

我看了一下時間，半夜兩點半，心想這次一定是婉燕了吧？

手機拿起來一看，銬盃，是大仔。他說：「國維，讓你在台北撐了這些日子，真是辛苦你了，公司跟我都不會忘記你的貢獻，祝你新年快樂，衝啊三刀流魯夫！」

「幹！是要講幾次？三刀流是索隆！」說完我就把手機丟在一邊，連回都不想回。

接著又連續收到好幾通訊息，有的是我以前的同學，有的是跟我比較熟的客戶，還有信用卡銀行傳來問候的。銀行半夜傳來問候新年快樂是發生什麼事？是客戶太多系統發訊息要一封一封排隊，排到半夜才輪到我，是這樣嗎？

就這樣一直開到高雄，婉燕沒有傳來任何一通訊息，電話也沒打。

不知道為什麼，我竟然感覺有點失落。

好吧，不是有點，是很失落。

回到家，我爸還沒睡，他說難得過年，電視一堆好看的電影，他要看到在電視機前睡著才甘願。

我把已經包好的紅包拿給我爸，「爸，這是要給你跟媽媽的，新年快樂喔！希望你們一直都很健康。」我說。

「希望你明年不只包紅包給我們，最好是送個媳婦。」爸爸收過紅包後笑著說。

我爸從來沒這麼跟我說過，我想一定是我媽主使的。

因為我的房間是走廊最裡面那間，途中會經過我妹的房間，於是我敲了敲她的房門，拿了一包紅包給她，「妹呀，別說我對妳不好，這些年來我都有給妳紅包，今年當然也不會例外。」

誰知我妹竟然說：「你每年都包這種六百八百的，很小包。」

因為大過年的，我不希望發生命案，所以深呼吸一口氣平靜心情，打消了一手掐死她的念頭。

還好我只有一個妹妹。

洗過澡之後，我坐在電腦前，一陣疲累感襲來，望向窗外，才意會到好久沒看到高雄的天空了。

我拿起手機，傳了 app 給婉燕：「我到高雄囉，好累呀。」

不到一分鐘，她就立刻回傳訊息給我，「你終於到了，我等你的訊息等好久，都快睡著了。」

「為什麼要等我訊息？妳可以先傳給我呀。」

「我怕你開車分心呀。」

「喔？這麼擔心我啊？」

「臭美！誰擔心你？我是擔心路上其他的車子，人家也是要回家過年的。」

「無照駕駛撞到我的林小姐，竟然替我擔心起路上的其他車子？」

「怎麼？不行嗎？」

「我是覺得妳擔心我就直說，不要不好意思。」

「我沒有不好意思，你不要臭美了。」

「好吧，就當我臭美好了，所以妳有擔心我對吧？」

「沒。」「有。」她把這兩個字分成兩次傳。

「那到底是有還是沒有？」

「沒有！」

「是喔？既然沒有，怎麼還不睡？」

「除夕夜守個歲，很正常啊。」

「好吧，妳不說，那就我說囉，反正男生大方點不吃虧。」

「你想說什麼？」

「我一離開台北就有點想妳了。」

這話傳出去，只看到她的狀態是「在線上」，卻沒有「輸入中」。

過了五分鐘後，「你頭暈嗎？還是喝醉了？怎麼會說這個？」她回傳。

「嗯，好像都有，又暈又醉。」

「那就快睡吧。」

「林婉燕沒有跟我說想我，我睡不著。」

「看樣子你真的很暈很醉。」

「看樣子妳真的不說。」

「沒有的事要怎麼說？」

「所以妳真的沒想我？」

「沒有耶。」

「那為什麼又要等我訊息呢？」

「等你訊息跟想你是兩件不同的事。」

「也對，就像我想妳跟妳想我好像也沒什麼關係。」

「對。但是你可以想我，本姑娘不介意。」

「既然妳不介意，那我就不想了，反正妳不介意。」

「邱先生，你一分鐘前的大方呢？」

「我的大方是留給有心人的。」

「你的意思是說我無心囉？」

「林小姐有心嗎？拿來看看。」

「我等你訊息等到這麼晚還不夠有心嗎？」

「等我訊息跟有心是兩件不同的事。」

「你。」「王。」「八。」「蛋。」

「這是妳自己說的啊。」

「人家說當業務的嘴巴都很厲害，果然沒錯。」

「妳自己也是業務，別忘了。」

「啊……對喔……」

「好啦，大過年的，不要罵人，講點吉祥話來聽聽嘛。」

「好吧。祝邱國維先生新年快樂。」

「還有嗎？」

「還有萬事如意。」

「還有嗎？」

「還有歲歲平安。」

「還有嗎？」

「還有邱國維去撞牆……」

>>>大過年的，講點吉祥話嘛。

20

當然我沒那麼聽話就真的去撞牆。

不過她也沒那麼聽話就承認她想我。

我在這裡用「承認」兩個字其實有點過分，因為要別人「承認」什麼事，你手上必須有足夠的證據，或是心裡有充分的把握，才能要求別人「承認」什麼。

我手上的證據是零，我心裡沒有把握，她等我的訊息等到很晚，也能解釋成她很單純地只是擔心我是否安全到家，這種擔心連普通朋友都會有，一切都很正常。

但我想她。

我承認我想她，我向自己跟所有人承認我想她，包括對她本人承認。

重複看著我跟她的 app 往來訊息，我只能猜測她在想什麼，不能要求她承認在想什麼。

所以我先承認了，好像就輸了。

但是輸了又好像也沒關係，心裡反而還爽爽的，小鹿亂撞了一會兒。

愛情真的很奇怪。

因為是過年的關係，各處景點到處都是人，好像出去玩是去看人而不是看風景的。爸媽跟往年一樣回鄉下，我妹跟同學出去玩，聽說是三天不會回家。於是我閒在家裡當大王，自己下廚自己過年，感覺還挺愜意的。

我打電話關心了一下辭海的狀況，他說心情平靜了許多，面對舅舅的驟逝，已經不那麼感傷。這幾天他寫了兩首歌，跟燕子看了兩部電影，還一起去大賣場買火鍋料回家煮。

我問他告白了沒，他說沒有。

我問他燕子有沒有主動告白，他也說沒有。

「所以你們在幹嘛？」

「就聊天說話很開心這樣。」

「幹嘛不告訴她你喜歡她？」

「說了有比較好嗎？」

「沒說也不會比較好啊。」

「我覺得現在這樣也不錯啊。」

「但說不定她就在等你告白啊。」

「那也只是說不定。」

「那我跟你打個賭好了。」

「賭啥？」

我思考了一會兒，「我猜她也喜歡你，正在等你告訴她。如果我錯了，我就在我們那條巷子裡大喊三聲『我是白癡』。」

「這有什麼困難的？我也敢喊。」

「那不然你說說要賭什麼。」

「如果你輸了，你就到西門町最熱鬧的那個小廣場趴下做二十個伏地挺身、搖五分鐘呼拉圈，一邊做一邊喊『我是白癡』，還得讓我拍成影片上傳到 Youtube。」

「幹！賭這麼大？」

「不然還有另一個：穿內褲裸奔台北車站一圈，一邊跑一邊大喊『辭海我錯了』，一樣要讓我拍影片上傳 Youtube。」

「幹！這個更恐怖！」我一邊聽一邊開始發抖。

「再不然還有一個：掛著『我是白癡』的牌子站在信義威秀門口十分鐘，還要一邊敲木魚，當然影片照樣要放 Youtube。」

「敲木魚是哪招？我沒有木魚！」電話這頭的我幾乎要崩潰。

「沒關係，我可以替你準備道具。」

「你腦袋裡到底裝些什麼？你怎麼想得出這些花招？這些都賭太大了啦！」

「這哪有很大？你想想，如果你輸了，就表示我告白失敗，用我的幸福跟你換這短暫的瘋癲行為，是我比較吃虧吧？」

「但是還有影片啊！我一世英明與高貴的形象……」

「你講的這兩項你都沒有，所以不用擔心。」

「幹！」

「所以現在是不敢囉？不敢就不要賭了。」

「你等我兩分鐘，我打電話問一下林婉燕。」

「問她幹嘛？你們是在一起了嗎？要問一下女朋友的意見？」

「我是要問她，如果我這麼丟臉，她會不會喜歡我。」我說。

「快點跟他賭！」這句話是林婉燕說的，「我相信你會贏的！辭海一定會告白成功。」

「其實妳心裡想的是，就算我輸了，妳一樣有好戲看吧？」

「嘿嘿！對啊！」

對你個大頭！

然後我立刻打電話給辭海，「可以賭，但我有個條件。」

「什麼條件？」

「過年後兩天內就要告白。」

「為什麼？」

「因為我不想每天提心吊膽過日子，我想早死早超生。」

「你又不一定會輸。」

「對！沒錯，我有信心我會贏，所以你告白成功要請我吃飯！」

「為什麼要請你吃飯？」

「我為了你的幸福賭這麼大，吃頓飯很過分嗎？」

「好像也不會……」

「好！就這麼說定了！」

「只是，國維啊……」

「嗯？」

「我們都三十歲了，這樣賭好像很幼稚……」

「幹！那些恐怖的呼拉圈、裸奔跟敲木魚是誰想的？你才幼稚！」我說。

我相信很多人都玩過類似的大冒險遊戲，尤其在學生時代，這種事更是屢見不鮮，一點點小事賭到跳水溝的都有。學生嘛，勇氣十足，青春無限，玩起來也無限。

但不知道為什麼，我每玩必輸，最慘的一次是跟大學同學賭世界盃足球賽，輸得要被裝在大塑膠桶裡面，從宿舍走廊這一頭被踢到另一頭射門得分。

滾到一半，我就在桶子裡吐了。

我吐了的時候同學還繼續滾，他們一邊滾一邊瘋狂地叫著，「要射門了！要射門了！」根本沒人聽到我的嘔吐聲，直到我的嘔吐物從桶子裡流出來，才有人發現。

「喂！國維流湯了！」其中一個同學叫喊著。

我不是被人救出來，而是自己爬出來的，因為沒人敢接近桶子，我全身都是嘔吐物，超級噁心。

年初四當天，公司舉行團拜，初五正式開工。

往年大概都是這樣的模式跟時間，就連買的東西跟水果都差不多。我們還會特別叮嚀會計大姊，要她多買一點可樂果跟洋芋片來拜，因為我們喜歡吃，但她偏偏買乖乖，我想她大概不太喜歡我們這些業務。

大仔傳 app 給所有業務，通知年初四早上九點到公司門口拜拜，沒到的算曠職一天。初四那天，我一早就到公司門口，但除了一堆落葉跟紙屑之外，我沒有看到任何一個人，時間是八點四十五分。

然後九點整，我依然是一個人，在一陣陣冷冷的微風中看著落葉被風吹起又飄落，看著紙屑從我的左邊被吹到右邊，一隻小土狗從公司門口慢步跑過，還停下來瞧了我一眼，我想牠可能心想：「這憨瓜要等到什麼時候？」

對！我這憨瓜要等到什麼時候才會有人來？不是要他媽的團拜嗎？人呢？團呢？拜呢？

九點十分，心想大過年的，說不定大家都出去玩，回來晚了，再多等會兒沒關係。

九點二十分，我來回踱步著，耐心已經快要用完，心裡已經開始盤算著等等要怎麼幹譙大仔。

九點三十分，我忍不住了，撥了大仔的電話，但他電話中，系統說：「您撥的電話忙線中，已為您插撥，請稍後。」我在電話這頭不自覺地低聲咒罵了起來，「對！插撥，快插撥！插死他！快點插死他！」

然後大仔就接起來了，「要插死誰？」他問。

「插死你啊，大仔，不是說九點團拜嗎？怎麼沒看到人？」

「幹！今天才初三！你有什麼毛病啊？還插死我呢！你現在把手機插到自己的鼻孔裡我就原諒你！」

糟了！原來是我看錯日期，「……啊……」

「啊什麼？講話啊！快插啊！」

「您撥的電話目前無人回應……」我立刻裝成系統的聲音。

「邱國維，你裝傻啊……」沒等他說完我就掛電話了。

電話才掛掉不到五秒，我手機立刻響起。

原以為是大仔打來想繼續罵我，結果不是。

「我跟朋友決定要去墾丁玩，路過高雄的時候，你可以當導遊嗎，邱先生？」

在電話那頭，婉燕用俏皮的語調說著。

＞＞＞掛著我是白癡的牌子站在信義威秀門口十分鐘，還要一邊敲木魚。

21

隔天初四，我依然九點前就到公司參加團拜。

大仔虧我說，還好我看錯日期不是看成初五，不然初四團拜沒到被記曠職扣薪就算了，打電話跟他說要插死他，肯定會被他綁在我們公司外面的旗杆上。

這天聽公司其他同事說，其實有很多人來應徵台北地區的業務，還有好幾個是特地從台北下來高雄應徵的。可能是景氣不好，失業率也比較高，好多所學專長不相關的都來應徵，其中還有幾個學歷驚人，碩士很多，博士也有。「碩博士來跑業務，太大材小用了吧？」我聽完心裡這麼想著。

不過大仔對業務人員很挑剔，同事說好多個履歷表很優秀的都被刷掉，只有少數幾個面試通過錄取，但這些人只來了一兩個星期就不見了，電話也不接。大仔說業務人員不難找，但好業務卻萬中無一，「就像武俠小說裡的絕世高手、練武奇才一樣！」他說。

大仔說他相中其中一個，心裡直覺認為他應該是個練武奇才。第一天來應徵面試錄取，講得自己非常喜歡業務工作，會在這方面多多學習，並且替公司帶來更多的業績。大仔看他學歷不錯，口條清晰，人也有禮貌，便請他隔天來上班。

而他第一天上班就遲到。

理由是車子在半路壞了。

新進業務前兩週的主要工作是熟悉公司產品，而這位仁兄在公司倉庫人員向他介紹公司產品時竟然問說：「公司哪裡有地方可以躺著睡覺？這樣午休比較舒服。」

當然，這傢伙下午就被大仔叫去溝通了一番，大仔要他認真一點，這是間不錯的公司，業務工作雖然不算輕鬆，但待遇不算差，既然錄取了，就好好地努力看看。

我猜他大概一面點頭說好，一面在心裡盤算明天不要來了。

因為他真的沒來了，就是第二天。一樣打電話沒人接，整個人人間蒸發一般。

我問大仔：「大仔，你不是說你看人很準，怎麼錄取的都做不久？尤其最後這個嫩咖還這麼瞎？」

「其實是因為他跟你有一樣的特質我才錄取他，但事實證明，他只有這項特質跟你一樣，其他的完全比不上你。」大仔說。

「什麼特質？」

「零距離的親切感。」

「……」我當下無言以對。

「怎麼這表情看我？我形容得太貼切嗎？」大仔竟驕傲起來。

「親切感就親切感，還有零距離的喔？你以為在賣衛生棉？」

「衛生棉是零外漏，不是零距離。」

「……幹！你這麼清楚衛生棉幹嘛？」

「電視有廣告啊！」他說。

大仔說我有「零距離的親切感」時，我還挺開心的，但其實我不知道在開心什麼，所謂「零距離的親切感」，是在稱讚我是個滿有人緣的人嗎？還是他只是用他那張業務嘴在唬弄我？

但是這一點在婉燕的口中得到證實。

不！應該說是在婉燕的朋友口中得到證實。

她見到我的第一句話就是：「你好，邱先生！你果然跟婉燕講的一樣，很有親切感。」

中午十一點半，我到左營高鐵站去接婉燕和她朋友。她們打算要在高雄玩半天，然後南下墾丁過夜。

說這話的女孩叫巧巧，是婉燕的同學，她們從高中就是好姊妹了，不過兩人並不是同一所學校的同班同學，而是在補習班認識的。巧巧跟婉燕一樣是台北人，工作是設計助理，我問她公司是在設計什麼的，她說什麼都有，要設計人也可以。

「設計人？」我聽不懂，眉頭皺了起來。

「哈哈哈！你的表情很有趣耶！我在開玩笑啦，這是我的幽默感，不要介意。」

我猜她跟辭海應該很合得來。

巧巧雖然叫巧巧，但她其實不太巧。

我說的是身材。

她大概有將近一百七十公分高，體重我猜應該逼近（或超過）六十公斤。整個人看起來滿……壯的。不過或許跟衣服穿很厚也有關係。

她臉頰兩側的腮紅畫得很明顯，有一種想用化妝來讓自己看起來年輕一些的跡象，不過同樣是二十五歲的女人，婉燕看起來就年輕了好幾歲。

我們走到小飛旁邊，我禮貌地替她們開了後座的門。

婉燕看了我一眼，用手指了指副駕駛座，我知道她的意思，於是我搖搖頭，「妳跟巧巧坐後面就好，今天我是司機。」

「所以妳們說的親切感到底是什麼？」帶她們去吃午飯的路上，我這麼問著，一邊說一邊看著車裡的後視鏡。

本來婉燕想回答，但巧巧搶著說：「就是一種沒有距離的親切感啊，第一次見到你就會覺得跟你認識很久了這樣。」

沒有距離的親切感？這跟大仔說的一模一樣。

「喔？是喔？真的是這樣嗎？」我把視線轉向婉燕。

「對啊。」她點點頭，看著後視鏡裡的我，微笑回應。

「所以妳撞到我的時候，有感覺到我零距離的親切感嗎？」

「沒有，」婉燕說：「我只注意到你凹下去的板金，還有我就要大失血的荷包。」

「哇哈哈哈哈！」巧巧大笑，「原來妳說的是真的喔？我還以為妳騙我！你們第一次見面就『零距離』地接觸了，好有緣啊！」

「……」

「……」我跟婉燕不知道該說啥，只是傻笑。

「怎麼這麼好？開車撞人可以撞出一個男朋友？怎麼都沒有男人來讓我撞一下？」巧巧一邊說還一邊嘟嘴，我手裡的方向盤有點失控。

我心想，依巧巧的身材，讓她撞一下可能會重傷。

「妳不要亂講啦！他不是我男朋友。」婉燕說，說完還看了我一眼。

「喔！」我接收到她眼神裡的意思，「對啦！我不是她男朋友，我是她的債主，巧巧姊不要誤會。」

「巧巧姊？你竟然叫我巧巧姊？我才二十五歲的荳蔻年華，你年紀還比我大，怎麼叫我姊呢？」巧巧驚呼。

「你竟然說你是我債主？現在我沒欠你，是你欠我囉！」婉燕也忙著糾正。

兩個女人同時在一輛車子裡提高分貝說話真的很恐怖，那一瞬間我覺得自己的耳朵就快要聾了。

活了三十年，我第一次聽到女孩子用荳蔻年華來形容自己。

「巧巧姊，荳蔻年華是指十三到十五歲的女孩子耶……」我說。

「真的嗎？哎呀隨便啦！反正你不能叫我姊就是了。」

「喔！是，遵命！巧巧姊。」

「你還叫！」她把雙手叉在腰間，「哼！」她轉頭對婉燕說：「我就說找男朋友不能找當業務的，那張嘴巴真的會氣死人。」

「他不是我男朋友。」婉燕說。

「我不是她男朋友。」我說。

我們兩個幾乎同時說出這句話，說完之後又同時在後視鏡裡四目相接，一秒鐘後又同時笑了出來。

我帶她們去吃在地高雄人才會知道的內行人小吃，有黑輪、豬血湯、米糕跟碳烤三明治。因為女孩子食量不大，婉燕的食量更小，所以吃到碳烤三明治的時候，只剩下我的嘴巴還在動。

偷偷告訴你，其實我買三明治的時候，巧巧猶豫了兩分鐘，我猜她一定吃得下，只是想在零距離親切感的我面前保持形象而已。

東西吃完之後本來想帶她們到處走走，但快樂的時光總是過得特別快，跑了這幾間小吃之後，不知不覺竟然已經兩點半了。

「什麼時候的車去墾丁？」

「三點半。」

「那沒辦法帶妳們去太遠了，最多只能到西子灣吃海之冰，或是到夢時代搭個摩天輪。」我說。

「義大世界呢？我想去義大世界！」巧巧在車裡呼喊著。

「去義大世界最多也只能經過，沒辦法下車，時間會不夠。」我說。

最後在巧巧的哀號聲當中，我用最快的速度衝上義大世界再衝回市區，準時讓她們搭客運前往墾丁。

「就只是路過這樣妳也高興？」婉燕說。

「當然高興！難得來一趟高雄嘛。」

「國維，今天麻煩你了。」婉燕對我點點頭笑著說。

「謝謝很有親切感的邱先生今天帶我們趴趴走。」巧巧也對我客氣地鞠了個躬。

「別這樣，小事一件，很榮幸帶兩位美女趴趴走。」

「那我先去拿票囉，兩位就把握時間互相道別吧！」巧巧做了個賊賊的表情，說完就快步跑向售票口。

這時我看著婉燕，她看著我，好像都想說什麼，但話好像都卡住了一樣。

「那……」她先開了口。

「嗯？」

「我們就先走囉，因為跟民宿說五點半前要到。」

「嗯，妳們好好玩。」

「今天謝謝你。」

「別再謝了，剛剛謝過了。」

「那你回家開車小心。」

「這裡是高雄，我的家鄉，只要沒遇到沒駕照的，我想就沒問題。」

她打了我一下，「你還說！」

最後我目送她們上車離開，隔著客運的車窗，她們兩個揮手對我說再見。

除了揮手之外，巧巧還一直比手畫腳地做了一堆手勢，只是我看不懂。

我到家之後傳訊息給婉燕，問她們到哪裡了。

她說：「在高速公路上吧。」

「那剛剛巧巧在比畫些什麼？」

「沒什麼，她發神經。」

「原來如此，那妳到了發個訊息跟我報平安？」

「好。」

那天晚上，我收到一封婉燕傳來的 app。

但內容是：

我是巧巧，婉燕正在洗澡，我偷用她的手機傳給你的。我告訴你，她今天說要來找你的時候很開心，我猜她喜歡你，你如果也喜歡她，一定要好好把握，否則我一定不會饒了你的！

>>>喔！

22

收假回到台北的時間是初五的半夜，喔不，應該說是初六的凌晨。

我依然遵循著政府的德政，在高速公路不收費的時候開夜車踏上從南到北的旅程。

心裡有些不知何來的落寞感。

有人說，「一個人的長途旅行其實不是一個人，因為陪你的是寂寞。」

我這個人對寂寞兩個字沒什麼特別的感受，甚至曾經有一段時間，我覺得寂寞兩個字只是一些詩人用來騙取認同的詞彙，就像孤單、揪心一樣。

後來我發現，人世間之所以會出現這樣的詞彙，是因為人需要這樣的詞彙來正確地說明及表達自己心裡的某些情感，而詩人之所以喜歡用這樣的詞彙，更是因為他們深切地了解詞彙的意義，進一步地用他們自己的方式來加以形容表述。

記得我同事傑克說過：「一個人開車時是最適合崩潰的時候。」

傑克不是詩人，但有些話不需要說得像詩也一樣可以讓人打從心裡認同。

當時這話我不懂，現在我卻能了解了。

我念大學時曾經暗戀一個女孩子，暗戀她的時間不長，大概三個月不到。但不知道為什麼，從認識她到喜歡上她只花了短短的兩天，接著不到一個星期，我竟然有一種非她不娶的感覺。

她跟我同年，外文系，是我同學的高中同學，住在我同學外租宿舍的隔壁棟，某一年的中秋節烤肉，我在一堆已經著火的豬排後面發現她的身影，一見傾心，二見就愛上了。

我竟然下意識地舉起手上的芬達汽水對她說：「妳好，豬排妹。」因為那著火的豬排是她烤的。

這話大概嚇到周圍全部的同學了，當然也嚇到她了。

她看了看我，又看了看旁邊的同學，這時我才清醒過來，「對不起！我認錯人了！」我撒了謊，我根本沒有認錯人，我只是在為自己剛剛的失態找個台階下。

其實我從頭到尾跟她說的話加起來大概不到十句，但明眼人都知道我喜歡她。我想當時我一定表現得非常明顯，不管是不太受控制的瞎眼行為，還是我常常釘在她身上的視線，我猜我的臉上應該就是寫著：「我愛妳！」不用說大家都知道。

我同學說，還好我們是在烤肉時認識，而不是在火車上初相遇，不然我一定會被當成電車癡漢。

之後有幾次聚會她也都有出席，有時候是吃飯，有時候是ＫＴＶ唱歌，有時候是夜遊團。我寫過一封類似告白的 mail 給她，但是寄錯了網址，寄到助教那裡去了，助教回覆我三句話：「別愛我，如果只是寂寞，如果只是怕學分不會過。」

還好助教是個好人，他有替我保密，不然我不知道要被同學笑多久。

但因為那封信被助教看過，我心裡覺得會被他「帶衰」，所以我重寫了一封。

後來我等了一個星期，她並沒有回覆我，一個字都沒有。

又一個星期之後的週末，我們班同學約生日 Party，在好樂迪。我遲到了半個小時，在好樂迪樓下遇見她，和另一個摟著她的男生。

那個摟著她的男生就是我的同學。

高雄的天氣一向很好，但那當下我覺得彷彿有好幾道閃電擊中我的身體，我頭上好像有一片超級黑的烏雲，它不停地在下雨，下雨，下那種會造成水災的傾盆大雨。

對，他約我去中秋節烤肉，他約我去吃飯，他約我去唱歌，他約我去夜遊團，所有人都知道他在追她，所有人也知道我喜歡她，但他什麼都沒講，他也請他們什麼都別講。

而我像個白癡一樣，只有我不知道他喜歡她。

愛情真的是盲目的，當下我的眼睛裡只看得見她，其他的都是模糊的。

那天的好樂迪生日 Party，我一首歌也沒有點，啤酒卻喝了好幾瓶。

大家都玩得很開心，我也配合得很用力，為的只是不掃同學間玩樂的興。但其實我的心碎了一地，每當看見她跟我同學抱在一起。

大家 high 歌一直點，舞一直跳，一支麥克風前面擠了四、五顆人頭，包廂屋頂好像快被掀掉，但我覺得四周是安靜的，安靜到像是一個人關在辭海的錄音室裡面一樣的安靜，安靜到一隻蚊子飛過去會像是有波音七八七客機要降落一樣的安靜。

我好像慢動作地活在這個世界上，而其他人的秒數依然是以正常的頻率前進，我慢到了只剩下他們的十分之一。我感覺到他們在迅速地走動、說話、唱歌、喝酒、打屁，而我好像不存在一樣。

寂寞。

我那時才第一次知道，原來這就是詩人口中、書中、筆下所說的寂寞。

此後我對每一位詩人都非常尊敬，如果不是因為他們，我根本找不到詞彙來表達我心裡的情感。

寂寞。

記得辭海曾經跟我說過一件事，一九九八年，那時他十六歲。

當時他一個星期的零用錢只有一百元。為了帶阿一去看陳昇的跨年演唱會，他去酒店非法打工當少爺，一個月賺了一萬多塊錢。

「陳昇？帶阿一看陳昇演唱會？這……氣氛對嗎？」我好奇地問。

「這你就不懂了，他在一九九八年初開賣一九九八跨一九九九的演唱會門票，只限定賣給情侶。」

「什麼？」

「你沒聽錯，只賣給情侶。因此那場演唱會名字叫作『明年你還愛我嗎』。他把票分成兩個部分，一張男生的，一張女生的，演唱會當天要兩張票合在一起才能進場。」

「這太屌了！」

「所以我去打工買票，然後跟阿一各自保存票的一半。」

「後來有去嗎？」

「當然有去啊。」

「陳昇這點子好酷！」

「點子是很酷沒錯，但現實更酷，我說的是殘酷的酷。那場演唱會的票賣得很好，但演唱會當天卻有很多位置沒人坐。」

「啊……這該不會表示……」

「對，很多人分手了，各自保存的票也跟著分手了，中間才隔一年呢。」

「是喔……」

「你想想，一年，聽起來不算太長，但誰知道一年當中會發生多少事呢？」

「是啊……」

「所以演講會結束時，我還跟阿一說，妳看，好多人沒撐過這一年，但我們來了。」

「嗯……」

「那時阿一問我，明年你還愛我嗎？」

「你回她什麼？」

「我說，明年妳就知道了。」

「結果……」

「結果那年都還沒過完，我就遇到阿二了……」

「然後阿一就拜了。」

「對，拜了。現實就是這麼殘酷。」

「你的故事聽起來都好寂寞。」

「嘿嘿！」辭海發出怪怪的笑聲，「誰的愛情故事不寂寞呢？」

是啊，誰的愛情故事不寂寞。

我們都誤以為愛情中的主角就是兩個人，誰知道其實寂寞佔了相當重要的戲份呢？

初六我開工這天，婉燕還在休假，她的開工日期比我晚一天。

這天我非常忙碌，因為有太多客戶打電話給我要訂貨，年前他們的保養生意很好，很多東西都缺貨了。

我從台北跑到桃園，然後再跑到基隆，接近傍晚的時候人還在淡水，電話整天響個不停，插撥一堆，這通還沒講完，另一通已經在線上等我了。

接近晚餐時間，我累得有點想睡，婉燕這時打電話給我，像是吃了airwaves，讓我瞬間精神百倍。

她問我要不要吃貢丸，因為她正在新竹幫同事買名產，想順便買一包給我，當作是我在高雄當導遊的酬謝。

「我不要貢丸，我只要妳。」

這話不是我說的，是我心裡想的。

「不要給我那種看起來像武器的東西，我可能會拿來丟辭海。」

這才是我真正的回答。

「所以你真的不要？」

「謝謝妳啦，真的不用。」

「那我該怎麼謝你？」

「我都說妳謝過了，小事一件，不需要謝我。」

「好吧，既然你都說不用謝了，那就算囉。」

「如果妳堅持要謝，那就陪我去散散步吧。」

「什麼時候？」

「妳想見我的時候。」

「我現在就想見你。」

「好，我等妳回來。」

「嗯。」

嗯。

嗯。

嗯。

嗯。嗯個屁！

以上這些對話都沒有發生，全都是我自己心裡面幻想的。

「不要給我那種看起來像武器的東西，我可能會拿來丟辭海。」我講完這句話之後，手機就沒電了。

我忙到忘了把手機插入車充。

幹……

＞＞＞蠢！

23

一天晚上，我跟辭海在家裡看電視。

辭海幾個月前賣出去的一首歌被一部偶像劇拿去當片頭曲，但這傢伙完全沒在關心那部偶像劇的收視率。而直到這天晚上，我才發現這首歌是辭海寫的，「哇靠！原來這歌是你寫的！這部戲現在很紅啊！」我說。

「是喔，我不知道耶。」

「你自己寫的歌被拿去當片頭曲，你竟然不知道？」

「我知道它被拿去當片頭曲，但我不知道戲很紅。」

「戲紅，你的歌就會跟著紅啊。」

「這有相關嗎？應該沒有吧。」

「為什麼沒有？」

「因為觀眾的目的是看戲，什麼歌當片頭片尾沒有差別。」

「不不不，我覺得有差。」

「是喔，好吧，我是沒感覺啦！我只負責寫歌，歌被拿去怎麼用是唱片公司的事，電視的收視率跟我沒關係。」辭海說。

我沒有搭腔，兀自在心裡思考了很久。

真的沒關係嗎？這兩者之間真的沒有相關嗎？

記得小時候看一些八點檔連續劇，片頭片尾曲好像都是戲紅了歌就跟著紅的，每次聽到歌心裡就會想「對！這就是那部什麼什麼戲的片頭曲」，然後就會莫名其妙地跟著哼唱起來。

「其實歌紅不紅不是我最在乎的，如果你現在問我寫歌至今最在乎什麼，我會說是入圍金曲獎；如果你是在五年前問我，我會說是再多一點歌手買我的歌；如果是五年後，我可能會說有人聽我的歌我就很開心了。每個階段都有每個階段所在乎和追求的，至於作品紅與不紅，反而不是我在乎的。我不知道別人是不是也這樣，但我是如此。」辭海摸摸鼻子，表情輕鬆地說：「或許哪天你也問問阿尼好了，說不定他的答案跟我不一樣。」

「阿尼的主業是寫小說，他可能只在乎他的小說賣不賣。」我說。

「如果是這樣，那如玉可能就只在乎阿尼會不會準時交稿了。」

「如玉是誰？」

「阿尼的編輯，一個把她的青春都拿來幫阿尼編小說的偉大女人。」

「喔……她好衰……」

「我也這麼想……」

然後我跟辭海互看一眼，低頭嘆氣。

這時偶像劇的男主角跟女主角正在爭執，兩個人怒目相視，好像是為了一個介入他們之間的男人在吵架。

女主角說：「他對我並沒有什麼企圖，都是你在亂想。結果你竟然跑去人家家裡大小聲，還恐嚇似地警告他，你怎麼會這樣？怎麼這麼幼稚？」

男主角說：「怎麼可能沒有企圖？我是男人，我了解男人在想什麼！他對妳就是有企圖！」

女主角更火大了，「就算是那又怎麼樣？你有什麼權利這麼做？」

男主角臉紅脖子粗地說：「我是妳的男朋友，為什麼我沒有權利這麼做？不管我做了什麼，都是因為愛妳啊！」

女主角就快要受不了了，「愛我？愛我就可以為所欲為嗎？這不叫愛！」

男主角握拳怒吼：「這不叫愛？那叫什麼？是愛驅使我這麼做的！」

辭海看到這裡，噗嗤笑了出來，「靠！這是什麼爛台詞？」

「是愛驅使我這麼做的！」我在旁邊模仿男主角的表情動作和語氣。

「驅你媽啦！最好情侶之間講話會用『驅使』這種詞！」

「不會用到嗎？」我歪著頭思考著。

「用到的機率太低了啦！連朋友之間都不會用了，寫文章也不太會寫到了，最好講話會講到。」

「是喔！」

「不然你打電話問阿尼，這是他的專業。」

「是愛驅使我這麼做的！」我又學了一次，「愈唸愈像小學生的造句，是……驅使……」

「是蚊子驅使我一掌把牠打死的。」辭海立刻造了一句。

「幹！最好蚊子會驅使你打死牠啦！」

「你自己想，牠在你耳朵旁邊嗡嗡嗡的時候，你是不是壓抑不了那股想一巴掌爆下去的衝動？」

「咦？對喔。」

「壓抑不了的衝動，就是被驅使的，所以這句話成立。」

「照你的邏輯來說，那……是辣妹驅使我去摸她屁股的，這句也成立？」

「對！就是這個邏輯！」

「那……是大便驅使我去坐馬桶的？」

「呃……這句不太好，不一定要坐馬桶，你也可以拉在路邊。」

「那……是總統驅使我去罵他白癡的？」

「完全正確！」辭海對我拍拍手，還比了個讚。

這時候門鈴響了，是阿尼。

他照慣例帶了PS3來，還提了一袋紅豆湯圓，「我女朋友跟她同學去台中玩兩天，我在家悶得慌，來找你們解悶。」他說：「這湯圓是我家旁邊買的，常看見有人排隊，好像不錯吃。」

我們吃著湯圓的時候，阿尼忙著接線，他說他買了一片新的射擊遊戲，非常刺激。

「為什麼你女朋友常出去玩，然後丟你一個人在家啊？」我問。

「國維此言差矣。這不叫丟我一個人在家，這叫信任，互相的信任。有信任就會給對方自由，她給我自由，我也給她自由。有道是，給對方空間就是給自己空間，給對方自由就是給自己自由。空間跟自由，是兩個人能長久相處的絕招之一。」他搖頭晃腦地說著。

「你說就說，不要用北京腔！」辭海從他頭上巴了下去。

「不能用北京腔？那用英文好了。」

「好啊。」

「遮交茲有，她給窩控簡，噎給窩茲有，遮揪失杏仁……」

他話沒說完就被我跟辭海扁了，「杏仁咧！最好這叫英文啦！」辭海說。

認識阿尼之後，我對他的感覺只有一個：羨慕。

我總覺得他過得很快樂，好像沒什麼煩惱，就算有也很少，或很小。

他不用跟我們一樣打卡上班，有上司有老闆，他自己就是自己的老闆，也是自己的員工，他的生活步調完全掌控在自己的手裡，不像其他人一樣被支配著。他有自由的工作，而且工作就是自己的興趣，他說過寫作對他來說已經變成反射動作了，對創作的熱忱是支持他一直寫下去的動力。

我問過他一個很直接且沒什麼禮貌的問題：「你會繼續寫下去是因為錢賺得夠多吧？」

他的回答是：「寫這個動作跟錢賺多賺少沒有任何關係，完全沒賺也可以寫，不是嗎？能寫又能賺錢只是我運氣比較好而已。」

他說每一行都有每一行痛苦的地方，並沒有什麼人是真的沒煩惱的，就算是大公司大老闆的兒子也有他痛苦的地方，即使他錢多到花不完，即使他將會從爸爸手上接手公司的一切，大家都羨慕他有錢有未來，「但他的人生好像就被別人羨慕的地方給支配了，不是嗎？」阿尼說：「說不定他根本不要錢也不要爸爸的公司，只想當個普通的上班族就好。」

大家都說當皇帝真好，權大勢大，一切的一切都是他說了算，還有後宮三千佳麗讓他挑，根本不用擔心把不到女朋友，但誰知道他的痛苦？真這麼爽的話，乾隆又為何總是喜歡微服出巡下江南呢？

話又說回來，皇帝會覺得他的生活痛苦，其實也是他不夠知足。

他也羨慕著老百姓的生活，他覺得當一個皇帝非常無聊，當老百姓比較好。

每個人都會去羨慕別人的生活，就好像我會羨慕阿尼一樣。

在我羨慕著阿尼的同時，其實我也羨慕著辭海。他們都是擁有一身才華專長的人，並且用這些專長在社會上闖出名堂。

跟他們相比，我就弱多了。

小小一名業務，被大仔調到台北來擦上一個業務的屁股，要擦多久還不知道。薪水不多，業績差的時候收入更少，辭海在彈琴的時候我在跑業務，阿尼在寫書的時候我在跟報表拚搏著。

但話又說回來，說不定他們也想跟我一樣，只要跑業務就好，不用擔心歌賣不出去沒錢過生活，不用擔心書寫差了被讀者罵翻，從此消失在書店的排行榜上。

對嗎？對吧？

他們兩個再一次打ＰＳ３打到半夜，我則因為隔天要上班便早早就寢了。

揮霍

睡前我用手機在臉書上發了一篇狀態，寫著：

生命本身是沒有悲與樂的，
有悲與樂的，是人。

人在一生中所有的悲與樂，都是為了貪圖。
貪圖就是不滿足，不滿足才會貪圖。

不管是貪有形的還是無形的，
貪得了，就有樂。貪不得，就有悲。

更諷刺的是，
有時候貪得了，仍然沒有樂。
有時候貪不得，卻開心地笑了。

寫完之後不到三分鐘，手機就連續叮了四聲，是來自臉書的動態通知。

阿尼跟辭海在我的狀態下按讚。

阿尼留言說：「真是有哲理，請受本尼一拜。」

辭海留言說：「奇蹟！狗嘴吐出了象牙！」

看著他們的留言，我笑了笑，閉上雙眼準備入睡。

婉燕傳來 app 說：「晚安，邱大哲學家，你臉書上的文章寫得真好。」

這話後面還多了一個愛心圖樣。

是愛我那些話嗎？還是愛我這個人呢？

「明天有空的話，來領回你的貢丸吧！對，我還是買給你了。」她說。

＞＞＞喔！貢丸！

别了

時間是個好醫生，它唯一的缺點就是手腳慢。

它不曾為誰快過，也不曾為誰慢過，

它有它的節奏，永遠不會改變。

它的醫術或許不甚高明，卻沒有哪個醫生比它更好。

我說的是治心痛。

24

農曆年過完後沒幾天，我心想著跟辭海的賭注不知道誰輸誰贏。其實我輸了去裸奔或是敲木魚都沒差，雖然那會在我人生中留下污點，更可能因為公然猥褻而被抓去關，但我更關心的是他跟燕子。

喜歡燕子一年多了，好像早該有結果了，不是嗎？不管是好的還是壞的，有結果才表示這個段落結束，下個段落才會開始啊。

回頭想想，我好像不曾喜歡一個女孩子超過一年多還沒有結果的，通常幾個星期就會知道自己是被打槍說拜拜，還是成為她的男朋友，再久也是幾個月就見分曉。現代人百分之九十五講感覺，感覺到了就ＯＫ，不到就再見，好像不需要太多廢話。至於另外的百分之五講的是感覺中的感覺，也就是不僅僅要相處有感覺，長相跟錢包的厚度也要有感覺，最好是家裡老爸的財產也要讓人有感覺，這境界太高了，不屬於我們這種市井小民討論的範圍，所以跳過去。

年後開始上班那幾天，燕子好像都沒有來。

倒是辭海好像轉性了一樣不再熬夜，每天跟我同一時間睡覺，也同一時間起床。

接著他消失了三天。

三天，整整三天。他的電話是關機的，車子也不在，也沒留下任何紙條，沒跟我說要去哪裡。

他先是改變了原本夜貓子的習慣，然後整個人消失不見，這些都讓我感到不安。

想起這些年來一堆開車到野外去燒炭自殺的新聞，我開始在想：「靠！該不會他也這樣，然後七天後會回來跟我打招呼吧？」

三天後我下班回家看見他的車，立刻衝到樓上想去問個清楚。

結果他老大坐在沙發上啃芭樂看電視，看見我氣喘吁吁地站在錄音室門口，端起桌上的芭樂對著我說：「好甜耶。」

「甜你老木！你是跑去哪裡了？我差點去報警！」我說。

「我出國啦！」

「出國？去哪裡？」

「長灘島。」

「長灘島？」

「對啊！」

「你自己去？」

「嚴格說起來是自己去沒錯，但去到那兒就一堆人了。」

「去長灘島幹嘛？」

「參加婚禮。」

「婚禮？誰結婚？」

他沒說話，嘴裡咬著芭樂，遞了一張喜帖給我。

帖子很特別，是一張拼圖，印有一張海浪拍打白色沙灘的圖，角落有兩雙腳，看得出來是一男一女的腳，上面寫著：「我們結婚了。」

喜帖信封裡還有幾張看起來像藝術照不像婚紗照的照片，有點怪的是，照片只有女的，沒有男的。

「這誰？」

「阿二。」

「阿二？」

「對。」

「哦——」我搓了搓下巴，「原來她長這樣。」

「不然你覺得她長怎樣？」

「沒想過她會長怎樣，不過她跟燕子的型也差太多了，你守備範圍這麼寬？」

「守你個屁！」他巴了我一下，「她跟燕子的型是真的差很多，不過分手這麼多年了，她也變了很多，很漂亮。」

「對，變漂亮了，也變殘忍了，結婚了還寄喜帖給你，果然漂亮的女人不能惹。」

「這個漂亮的女人出了機票食宿請我去參加婚禮，這樣還不去就太沒禮貌了。」

「所以你就去了？」

「當然要去，免費的啊！」

「所以她嫁得很好？」

「嗯！超好！」辭海又咬了一口芭樂，「對方是小開耶！身家至少有幾個億吧我猜。」

「世紀婚禮就對了啦？白馬王子跟白雪公主在沙灘上奔跑著。」

「對！他們真的有奔跑，我們去的第一天，他們就在沙灘上拍婚紗照。」

「很幸福的樣子。」

「其實沒有，我看他們累得像口吐白沫的狗。」

「是喔？」

「連我們在旁邊看的人都累了，何況他們。一整天拍下來，那些笑容都僵到像蠟像一樣。」

「幹！啊你要出國也講一聲，連續三天不見人影會嚇死人耶！」

「我出門那天本來要跟你說，但起床時你已經出門了，我來不及說。」

「留張紙條啊！」

「忘了。」

「傳個簡訊啊！」

「忙著落寞，所以沒想到。」

「忙著落寞咧！人家嫁人你落寞什麼？落寞前女友嫁別人？」

「不是。」

「不然呢？」

「落寞幸好她嫁的不是我。」辭海說著，把還沒吃完，剩三分之一的芭樂放下。

「……」

「國維，我在去的飛機上一直在想，我跟她分手六年了，從來沒有聯絡，只有臉書上加了好友，ＭＳＮ搞笑圖丟一丟，連句話都沒說，為什麼她會想寄喜帖給我？是想表達什麼嗎？」

「我不知道她想表達什麼，但我確定她不是想賺你的紅包錢。」

說完，我們互看一眼，笑了出來。

「哎呀！想這幹嘛？」

「國維，她嫁得真的很好，這輩子都不愁吃穿了。」

「老公身家幾個億，當然不愁吃穿。」

「我收到她的喜帖時，心裡還在罵幹，這女人當初劈腿，現在還敢寄帖子來！」

「你自己說那是報應的。」

「這報應也太硬了吧？」

「報應還能選比較軟的喔？」

「後來我到了長灘島，我突然明白了。」

「明白什麼？」

「明白人都會為了更好的方向和目標去努力、爭取。」

「所以呢？」

「所以她是對的，離開我是對的。」

然後我們都沒有說話，沉默了一會兒。

接著辭海先開口：「國維，我在想，是不是沒有能力給別人幸福之前，還是別碰愛情這個高難度的東西比較好？」

「我倒覺得愛情的難度不高，幸福的難度比較高。」

「哎唷！狗嘴又吐出象牙了。」

「嘿嘿！我這叫深藏不露。」

「我在長灘島看著阿二的先生為她精心策畫的婚禮，心裡很多感慨，他有能力給阿二好的生活，根本就是想什麼有什麼。」

「幹，你這想法錯了吧？」

「哪裡錯？」

「我直接翻譯你剛剛說的話，你的意思就是『窮都該死』。」

「我沒這個意思。」

「但你表達的就是這個意思。好像有錢才有幸福，這種屁話屁理論屁觀念你也在信。」

「可是現實很殘酷不是嗎？」

「是沒錯，我也覺得現實很殘酷，但還是很多沒錢的人過得很快樂很幸福啊，那些不是錢可以買到的。」

「我看到阿二跟她先生很開心的樣子，強烈對比之下，我真的覺得自己很失敗。」

「所以呢？」

「所以，我好像不應該浪費燕子的時間。」

「你跟燕子……說了？」

「沒有。」

「所以你打算……」

「放棄。」

「確定？」

「大概……吧。」

「所以我該高興你輸了，你要選裸奔還是敲木魚？」

「你要不要吃芭樂？」他拿起剛剛咬了三分之二的芭樂。

「幹！包大人不要叉開話題！」

「來人啊！給犯婦戚秦氏上夾棍……」

抱歉，當話中有星爺的梗存在，我們就會情不自禁……

「所以你真的確定了？」我說。

「不知道……」

「我猜如果燕子知道你這麼想，她應該會很失望。」

「問題是她不會知道。」

「我猜如果她知道你喜歡她卻不講，她應該會更失望。」

「問題是我不會講。」

「不講就是輸囉。」

「嗯，我輸。」

「好吧，裸奔跟敲木魚你選一個。」

「裸奔。」

「幹！真的假的？」

「願賭服輸，你要跟在我後面拍影片。」

「什麼時候？」

「等等就去。」他說，眼神是非常堅定的。

當晚，半夜兩點，我開車載著辭海來到台北車站。

「你確定？」

「幹！你不要再問了，從出發到現在，你已經問了七百二十八次了！」

「所以再問第七百二十九次也沒差吧，你真的確定？」

他看了我一眼，沒說話，脫光了衣服，剩下一條四角褲，外面氣溫大概只有十三、四度，他二話不說開了車門就衝下去了。

幹你媽的我好像跟一個瘋子住在一起。

我一時沒反應過來，趕緊下車一邊追著他，一邊把手機錄影功能打開。

等到他跑過了第一個轉彎我才跟上，半夜兩點的台北車站還是有行人在，還有很多流浪漢。

辭海一邊跑一邊高舉雙手，就像當初我們打賭時說好的一樣。

「國維！我錯了！」「國維！我錯了！」「國維！我錯了！」

沒幾分鐘，一圈跑完了，我很快地跑上車，他則是慢慢地走上來。

「幹！你還慢慢走！」

「我好喘……沒辦法……」他說。

「快把衣服穿上，你會冷吧？」

「跑這一圈整個都熱起來了，哪還會冷！」

隔天，我依辭海的要求，把影片上傳到 Youtube，標題是「放棄告白之願賭服輸之台北車站裸奔」。

或許是因為辭海一邊跑一邊喊太過真情流露，也可能是這種影片有很大的吸引力，這影片被大量轉載，轉到我在自己的臉書上都能看見別人分享，影片一天內就破十萬瀏覽數。

兩天後我們上了新聞，新聞說警方已經鎖定了上傳的ＩＰ，要調查看看是不是有公然猥褻的嫌疑。

但其實新聞才剛播的時候，我們就已經接到電話了。

喔不，應該說是辭海就接到電話了，是台北市警察局打來的。因為ＩＰ查到是辭海的家，網路線路登記的是辭海的名字。

我們兩個在警局做筆錄時誠實供稱我們只是在打賭，而且重點是辭海有穿褲子（雖然是四角褲，但也是褲子），所以警察大人沒把我們移送法辦。

「少年仔，下次賭點別的，不然就別上傳影片，要不是你們上了新聞，我們警察哪這麼閒去管你打賭輸還是贏。」要走之前，做筆錄的警察這麼跟我們說。

從警局回家的路上，我跟辭海都沒說話。

接著停了第一個紅綠燈，我們互看一眼，開始哈哈大笑，完全停不下來，就這樣笑到回家。

我不敢跟婉燕講這事是我跟辭海幹的，我猜她也沒看到這則新聞。

辭海也沒跟燕子講，我想他應該是沒這個膽子。

不過，辭海啊……

裸奔這麼需要勇氣的事你都敢做了，為什麼卻沒勇氣跟燕子坦白你的喜歡呢？

＞＞＞愛情不難，幸福比較難。

25

好天氣才持續了兩天，灰黑色的天空馬上就來報到了。氣溫再一次下降到只有十度，這種溫度要從被窩裡爬起來上班簡直是要人命。

我穿好衣服準備上班時，辭海拎著兩份早餐慢慢走上樓梯，拿了其中一份給我。

「我的老天！要下紅雨了！我在這裡住了三個月，你第一次替我買了早餐！」我好驚訝地說著。

「你應該要感謝早餐店的老闆，要不是他把我的饅頭夾蛋做成燒餅夾蛋，你要等我幫你買早餐可能要等到下輩子。」辭海有氣無力地說。

「看樣子你可能吃完早餐會再去找周公打屁。」

「看情況吧，但我想他會自己來找我。」說完他立刻打了個好長的呵欠。

「喂，你知道嗎？」

「什麼？」

「我每天早上起床都會看見窗外電線桿上面站了一整排的麻雀，在那兒搖頭晃腦地聊天唱歌說笑話，就是沒看到燕子。」

「然後呢？」

「所以燕子呢？好多天沒看到她了。」

「我怎麼知道！你應該要去問麻雀。」

「我正在跟麻雀說話啊。」

「幹，拎杯是一本辭海，不是麻雀。」

說完他就消失在樓梯口了。

婉燕買給我的貢丸把我嚇了好大一跳，那當下我有一種她其實是在賣貢丸而不是賣房子的錯覺，「我沒有買很多啊，才四斤。」婉燕看見我受驚嚇的表情後這麼說，我又再度受到驚嚇。

「我很感謝妳買貢丸來送我，但是……妳買四斤的貢丸是想餵飽多少人？」

「我想說你們男生食量比較大嘛。」

「所以我們這兩個月大概都要吃貢丸湯了。」

「不只貢丸湯啊，你還可以滷貢丸。」

「不都是一樣嗎？」

「不一樣啊！一個是湯的，一個是滷的。」

我臉上頓時三條線，「好吧……小姐……妳贏了……」我說。

為了這包貢丸，辭海建議辦一個貢丸 Party，地點就在我們家的頂樓陽台。所有參加 Party 的人身上一定要有跟「丸」相關的東西，例如繡有丸字的背包、火影忍者的漫畫（裡面有個忍術叫螺旋丸），或是衣服上有丸狀物這樣，只要跟丸相關就好。

當然也包括燕子。

辭海找了十幾二十個朋友來，都是我之前見過的樂手或樂團，還有一些駐唱歌手。

阿尼也來了，還帶了他如藏鏡人一般的女朋友小希。

是的，如辭海所言，小希果然是個大正妹。

我把 Party 的消息告訴婉燕，她開心地在電話那頭叫著：「好玩耶！貢丸趴！是要拿貢丸互丟嗎？好有趣啊！我一定會去！」

我在電話這頭乾笑著，提醒她：「記得要帶跟丸相關的東西啊！」同時心裡嘀咕：「如果是互丟的話，我可以丟妳嗎？」

Party 那天，大家好像偷偷講好的一樣，硬是把這個貢丸趴變成火鍋趴，大多數人帶來的東西都是丸，有魚丸、蝦丸、花枝丸、炸芋丸。我跟辭海看到傻眼，這麼多丸是要怎麼吃得完？

只有婉燕很開心地說：「哇！好多丸喔！」

我該說她天兵嗎？

我因為已經有了一包四斤重的貢丸，所以不需要準備。

阿尼跟小希帶來一瓶丸莊醬油，他說他想了很久，帶這瓶醬油絕對不會跟其他人一樣。

婉燕則是穿了一件紅色的帽T，前面帽繩的尾端有兩顆白色的絨球，「這也算是丸吧？丸狀的啊。」她說。

當所有人都已經把自己的「丸相關」拿出來之後，只剩下辭海兩手空空。

「喂！主辦人自己沒準備喔？」阿尼指著辭海，大家則跟著附和。

只見辭海一臉鎮定，「我當然有準備，而且與生俱來。」說完就開始解他的褲腰帶。

「幹！你又要脫褲子！」我連忙把站在我旁邊的婉燕的眼睛遮起來。

「不行喔？我有兩顆丸子啊，在褲襠裡。」

「那怎麼能算？如果算的話，我們男生都不用準備了。」阿尼說。

此時大家七嘴八舌討論起來，現場一片鬧烘烘。

只見辭海完全不甩我們的抗議，逕自拉下他的拉鍊。

「幹！辭海！這裡有女生，你不要想不開。」一個樂手趕緊阻止他。

「我們沒關係，他敢脫我就敢看。」說這話的不是別人，正是燕子，「早就聽說他很喜歡脫褲子了，一直沒機會見識，現在終於有機會了。」

燕子話才說完，他立刻就把褲子穿好了。

「哎呀俗辣啦！」「怎麼穿回去了？」「快脫啊！」在場每個人都開始起鬨，連婉燕都偷偷地喊著：「快脫快脫。」

這時辭海很冷靜地說：「我只是開玩笑的，你們這麼認真幹嘛？我是把東西放在背後，要解開褲腰帶比較好拿。」

然後他從背後拿出一本書，此時現場一片安靜。他故作玄虛地看了每個人一眼，然後將書高高舉起，「F罩杯日本女優《丸高愛實寫真集》！」他說。

他話一說完就被男生包圍了。

那場 Party 裡，男生有不少的時間都在驚呼丸高愛實小姐快要從比基尼裡面掉出來的胸部，順便討論其他的日本女優。

我是個誠實的人，所以我承認，那些男生裡包括我跟阿尼。

我是沒女朋友的人，所以我沒差。

不過小希的臉色不是很好看就是了。

婉燕問，是不是男生都一定會看這種東西？

因為我是個誠實的人，所以我告訴她：「不只男生，連猴子都愛看。」

「猴子？」

「對！我大學的時候學校猴子超多，好多學生都被猴子偷過東西，有一次我室友回宿舍，當場看見自己的女優寫真集被猴子拿走，他知道那不可能拿得回來了，難過得三天食不下嚥。」

「……」她瞪了我一眼，似乎不太相信。

「哎唷，是真的啦！」

「東西被偷我信，但他難過到三天食不下嚥？」她滿臉懷疑。

「呃……兩天……」

「……」她瞪著我。

「欸……一天……」

「……」她繼續瞪著我。

「好吧……他沒有食不下嚥，他還是吃得很好……」我心虛地說，她則白了我一眼。

「這東西真的那麼好看嗎？」

「就跟妳們女生喜歡看帥哥一樣啊。」

「哪有一樣？我們喜歡看的是穿著衣服的帥哥。」

「在我們眼中，這些拍寫真集的女優也都穿著衣服啊。」

「哪有！」她指著那本被男生包圍傳閱的寫真集，「那裡面明明沒穿！」

「有穿，是比基尼。」

「比基尼也算衣服？」

「不然算什麼？馬賽克嗎？」

「哼！反正你們男生都是色胚子。」她說。

我沒回應她，只是做了個鬼臉。

那天晚上的 Party 分成火鍋組跟烤丸子組，火鍋組是女生組成的，烤丸子組是男生組成的，不過烤的丸子沒幾顆能吃的就是了，因為我們眼睛都盯著寫真集。

Party 結束，我送婉燕去搭捷運時，看見阿尼正追著小希跑。

「別生氣嘛親愛的。」阿尼說。

「你這個色胚！今晚睡沙發！」小希說。

我經過他們的時候本來想停下來多聽幾句，但阿尼送給我一根中指。

唉……寫書的怎麼這麼沒氣質？

車開到捷運站，我們看見一對情侶在捷運入口緊緊擁抱，抱著抱著就親下去了，這一親不得了，親到好像全世界只剩下他們兩個人，親到我跟婉燕在車上一直盯著他們看。

「林小姐，妳是打算看他們親完才下車嗎？」

「沒有啊！」她突然被叫醒了一般，回過神來。

「那妳在等什麼？」
「我想看他們會親多久。」
「照這種親法，我猜大概會親到天亮。」
「那是多幸福的一件事啊！」
聽完這話我覺得怪怪的，「我想應該只會是多口渴的一件事吧。」
「你們男人真沒情調。」
「這跟情調有什麼關係？親到天亮肯定很渴，說不定還會扭到脖子或親到斷氣呢。」
「跟你們男人講情調就像在對牛彈琴一樣。」她說完拿了包包就要下車。
「既然妳要講情調……那………」
「那什麼？」她的手指勾在車門把上，但沒把車門打開。
「如果妳下車之前，我們可以來個說再見的擁抱，算是很有情調吧？」
她沒說話，慢慢轉頭看了我一眼。
「是妳要講情調我才提出這個建議的喔，當然妳不抱也沒關係，但不要打人喔，女人要有氣質。」我說。
她聽完愣了一會兒，「喔……」她小聲地說。
「『喔』是……什麼意思？」

「就……喔……」

「喔什麼？」

「就喔啊……」

「喔什麼啊？」

「就喔嘛！」

「我知道啊。」

「就是喔啊。」

「我知道喔，我是問妳在喔什麼？」

「哎唷……」

「哎唷跟喔有不一樣嗎？」

「我的天……」

「我的天跟喔跟……」

我話沒說完，她就抱住我了。

「跟……哎唷……好像……不一樣……」我恍神般地把話說完，然後輕輕地抱住她。

一時間我眼前一堆星星，腦子裡一片空白。

我是一個業務，說話該是我的強項，但這時我卻不知道該說什麼。

大概抱了三秒鐘，「好！抱完了！」她說，說的同時將我放開。

「喔……」

「喔什麼？」

「沒……沒什麼……」

「那我要回家了，拜拜！」

「如果說妳剛剛『喔』的意思是抱一下，那我『喔』的意思可以一樣嗎？」

「……」

「妳可以說不行，那是妳的喔，不是我的喔。」

「呵呵！」她笑了出來，「剛剛喔過了，下次再喔吧。」

「喔……」

「別亂喔了，快回家吧！」她笑著說。

「喔喔喔喔喔喔喔……」

她掩著嘴巴大笑了起來，「你有病啊，再見啦！」說完就開了車門，走進捷運站。

而那一對情侶還在抱還在親。

我有點恍神，心裡又有點興奮地開車回家，停紅燈的時候，我從後視鏡裡看見自己正在傻笑著。

回家之後看見門口有一雙女孩子的鞋，下意識地反應，我猜想那是燕子的。

走上樓，我聽見辭海跟燕子在樓上低聲說話的聲音，為了不當電燈泡，我轉進我的房間，關上門洗澡看電視，看著看著，也不知道是幾點睡著的，最後的印象是婉燕傳了app說她安全到家。

隔天一早，我被大仔的電話吵醒，看了一下時鐘，已經快九點了，原來我睡過頭！頭有點重，而且全身痠痛，依稀記得我在夢裡好像一直在跑步，一邊跑一邊喔喔喔喔喔喔喔喔喔喔喔喔……

「魯夫！你可以準備回高雄了！」大仔的聲音非常有精神，「有個新業務很不錯，是我從別家公司挖來的，他答應上台北接你的工作，再兩個星期吧，恭喜你可以回來了！」

掛掉電話，我仍然躺在床上看著天花板。

心裡有些失落和空虛。

「……喔……」我自言自語著。

＞＞＞喔。

26

稍晚我出門上班時，看見了一個讓我有點驚訝的畫面。

擁抱是會留下痕跡的，當然我說的不是瘀青。

如果是瘀青的話，那不叫擁抱，叫企圖勒斃。

那痕跡是無形的，感覺那環抱感還在，那溫度還在，那是一種心動，還有一種幸福感。

即使只有三秒，我卻覺得可能會記得很久。

這就是人家說的「剎那即是永恆」嗎？

跟第一任女友的擁抱因為年代久遠，我已經忘了。

我想大概是彼此之間都沒有擁抱的經驗，所以抱得很隨便，還是抱得很沒有技巧的關係，我只記得當時她的呼吸很快，而我的心就快跳出來。

我還記得跟後來的女朋友的擁抱，不過痕跡慢慢地在消失。

但其實消失的不是那個擁抱，而是那個人，是那個留下痕跡的人消失在你的生命中了，所以痕跡才跟著消失。

常有人說，如果可以的話，希望人類能擁有一些類似電腦的功能。

例如某天跟男（女）朋友分手了，心裡好痛，痛到好像拿嗎啡來施打都沒辦法止痛，只能等時間慢慢來治療它。

時間是個好醫生，它唯一的缺點就是手腳慢。

它不曾為誰快過，也不曾為誰慢過，它有它的節奏，永遠不會改變。它的醫術或許不甚高明，卻沒有哪個醫生比它更好。

我說的是治心痛。

然後就有人幻想，如果心痛或難過可以用滑鼠反白，然後按個 delete 鍵就消除，那該有多好。這樣就不會有人為情為愛傷心難過吃不下飯，或是自殘自殺甚至殺人的，可以阻止很多悲劇發生，也可以降低傷害。

但是，把壞的 delete 之後，只留下好的，人生還有趣嗎？

我是說，如果每個人都選擇刪除那些讓自己痛的，只留下讓自己開心的，這就不是人生，而是一個程式了。

我所想的跟別人不一樣，我希望那些美好與痛苦都可以留下，保持著人生該有的樣子。我甚至想像哪天科技發達到一個很神的地步時，會不會有個天才寫了一個程式，它可以記錄你的喜怒哀樂，把那些你想留下來的心情和情緒，透過掃描，然後存在電腦的硬碟裡，還記上日期和時間，下面會有一個空白處讓你寫上附註。

例如：第一次牽手。

或是：你說分手的當下。

還有：後悔的選擇。

辭海說：「第一次成功脫下女生的內衣。」

然後哪天，你懷念起誰了，想起那天的情緒了，你可以把那個記錄叫出來重溫一次，不是單靠記憶中的零碎，而是紮紮實實的，像是當初的感覺重新來過一次。

如果真有這樣的程式，像現在一樣被寫成 app，大家爭相下載，你想留下哪些段落的喜怒哀樂呢？

現在很流行玩臉書，幾億個人在上面留下自己的情緒，有的人一天只留一篇，有的人一天好多篇，有的人好幾天才一篇，也有的註冊之後就忘了用。

我也在用臉書，我的好友只有少少的一百多個。

我發現每個人在使用臉書時，大多會呈現真實的自己、幾乎毫不保留，那個性鮮明到像是赤裸裸地站在別人面前一樣。

有些人情緒不好找不到地方發洩，上臉書罵十次幹你娘，臉書會不高興嗎？不會，它什麼都照單全收。底下還會有自己的朋友跟你打屁喇賽：「罵髒話罰十元。」「你少罵了後面幾個字。」「不要這麼凶嘛。」

有些人無聊到沒人跟他說話，他就上臉書說話：「天藍，好個秋。即使現在是冬天，我依然有秋天的愁。」這是在寫啥？其實只是在裝憂鬱，然後你發現他真的就是個會裝憂鬱的人，在臉書面前他完全不會保留。臉書會不理他莫名其妙的憂鬱嗎？不會，它什麼都照單全收。底下朋友的回覆就五花八門了：「你有病！」「別忘了吃藥。」「來了來了，發作了你看看。」

有些人習慣把當下發生的事情全都告訴臉書，有的是鉅細靡遺的過程，有的是事發之後得到的結論，這樣的人通常比較多話，對事情也比較有看法，他一天在臉書上講了幾次話，就表示他那天發生了多少事。

臉書的創辦人才二十幾歲，叫作馬克薩克柏。

這天才發明了這個社群網站，讓幾億人的生活開始為了臉書而改變。有一本書名叫《回程》，男主角還因為在臉書上遇到前女友，因此展開一段尋找所有前女友的旅程。

我在想，那馬克呢？除了變得很有錢之外，他的改變是什麼？

又他是不是對臉書也有什麼幻想呢？

是的，幻想。

我對臉書是有幻想的。

揮霍

我在想，如果人的生命跟臉書一樣，可以刪掉帳號，換一個新的名字重新註冊登入，那到底是好還是不好呢？

人生是有趣的，它是老天爺寫好的一個完美的程式。

這個程式有三個無法被更動的規則。

第一，時間是無敵的。

第二，只要是生命都會死。

第三，任何人皆獨一無二。

依循這三個規則，老天爺把這程式套用在所有生命中，當然也包括人。

你這輩子要面對多少事、會發生多少事、會認識多少人、會被多少人喜愛或傷害等等，完全由時間來控制，什麼時候發生什麼事，都是時間在推你走，你就只能走，你不能倒著活。

這些人事物你能不能逃避？當然可以，因為老天爺給了人「選擇」的權利。

但你的選擇依然被時間控制著，對時間來說，你只是轉了個小彎，但永遠都在時間裡，你的人生會因為選擇而改變，但依然是你的人生。

直到你的人生被時間結束那天。

你能不能換個帳號重新登入人生？

不行，因為你就是你，你獨一無二。你再怎麼換帳號，那還是你，再怎麼抗議掙扎，你都沒辦法擺脫這輩子的你。

三個多月前，我帶了三件西裝外套、十件襯衫、六條西裝褲、兩件牛仔褲、幾件長袖T恤、一雙皮鞋、一雙休閒鞋和七雙襪子上台北，來到這個我不喜歡的城市，認識了這些本來這輩子不可能跟我有交集的人，這是我的時間控制的。

這對我來說是驚喜，而人生因為驚喜而變得有趣。

不管你遇到什麼人事物，那些都是驚喜，你為他們笑了也是驚喜，你為他們哭了也是驚喜。

所以認識了辭海、阿尼、小希、婉燕、燕子和那些音樂人，讓我在這短短的三個多月裡，幾乎每天都充滿了驚喜。

想到這裡，我拿起手機，登入臉書，在狀態上寫了「驚喜」兩個字。

好幾個小時過去了，有十幾個人按讚，有幾個人問驚喜是什麼。

我該怎麼說呢？他們不是我，他們不會了解我所說的驚喜是什麼。

就算我完整地述說給他們聽，我想還是會有人不理解，因為他那一部分的人生跟我沒有重疊跟交集，就不會懂得我的驚喜。

你會不會有這種感覺，好像大多數的人都跟你我一樣。

揮霍

我們花在臉書上發表狀態和回覆狀態的時間比跟自己的朋友家人說話的時間還要長，這是為什麼呢？

而且重點是：

「有很多重要的話，我們竟然只告訴臉書，卻不告訴對方。」這又是為什麼？

我在瀏覽臉書的時候，發現辭海在今早留了一篇狀態，他寫道：

時間到了，Time is up！
該來的，我從來不曾躲避。
有時我會選擇沉默，是因為我恐懼，
對啊，我是恐懼，
恐懼不夠好的自己，可能會搞砸事情。

妳就要出發了，往海的另一邊飛去，日期也快要確定。
除了祝妳一路順風，我還有個禮物想送妳。

我不知道來不來得及，也不知道我們會怎麼樣，那就自然一點吧，自然一點比較好。

因為太用力地想留下什麼，
什麼就會碎了一地。

記得我剛剛說的，在我準備出門上班時，看見了一個讓我有點驚訝的畫面嗎？
那個畫面就是：燕子的鞋子還在，她一晚沒有離開。

>>>因為太用力地想留下什麼，什麼就會碎了一地。

27

我承諾過，絕對不會缺席辭海跟燕子在Pub的最後一次表演。

不過當我說不會缺席的時候，距離我離開台北，只剩下短短一個星期的時間了。

「新業務下星期上去報到，你記得跟他交接。」電話裡，大仔這麼交代我。

「所以我剩下幾天？」

「扣掉今天剩六天。」

「喔……」

「你好像不太想回來了？」

「有這麼明顯嗎？」

「不是很明顯啦，是根本就表現出來了。」

「哈哈！」我乾笑著。

哈哈。

剩六天。

哈哈。

我將在六天之後離開跟他們一起生活的台北，離開辭海，離開燕子，離開阿尼小希，也離開婉燕。

我在三個多月前跳進這個生活圈，三個月後又要跳出去。感覺三個多月好像過得很快很短，像是昨天的事，像是我才剛到台北，像是我大醉了一場，醒來已經過了三個多月。

雖然感覺很快，但又好像已經足夠了。

為什麼呢？因為我本來就不是這個圈子裡的人，三個多月前跳進來，我成了一個過客，一個觀眾，一個為了不可抗的因素才來的旅行者。現在不可抗的因素消失了，本當就是我離開的時候。

人家說天下無不散的宴席，這一場宴席我吃了三個多月，坦白說也夠本了。

當初一點都不想上台北收爛攤子，現在攤子收好了我卻不想走了。

原本我只想好好地把工作做好，然後趕快離開這個我一點都不喜歡的城市。但我卻認識了好幾個好朋友，看見了我這輩子可能都沒機會看見的，對我來說，這已經是賺到了的。

要離開台北的事我誰都沒有講，只告訴了辭海，畢竟他是我房東，我不想跟之前的阿順一樣不告而別，讓公司的會計打電話告訴他說，「會有個新業務去住」，這樣一點禮貌跟尊重都沒有。

辭海聽了之後，瞪大了眼睛，「要走了？為什麼？住得不好嗎？工作不順利？還是你要辭職了？還是……你受不了那台任性的電熱水器？」

「哈哈哈！不是啦！我跟那台電熱水器已經變成好朋友了，」我說：「我剛來的時候就說過，我只是暫時頂替這裡的工作而已，找到了新業務，我就要離開台北了。」

「所以新業務找到了？」

「嗯。」我點點頭。

「天啊，這麼快？」

「我本來覺得很慢，現在我也覺得好快。」

「是啊，你才來多久就要走了。」他一臉失落。

「別這樣，我會再來看你的。」

「真的嗎？」

「真的啦！」

「如果你要來看我，我就把新業務趕出去，把房間讓出來給你住。」

「不用啦！我睡錄音室的沙發就好。」

「那裡不好睡，真的。」

「也是，前幾天有人在那兒睡了一晚上。」

「咦？你怎麼知道？」

「我當然知道，我還知道燕子睡在你房間裡。」

「哇靠！你上來偷看？」

「我沒有偷看。」

「那你怎麼知道？」

「那天我在門口看見燕子的鞋，我想她應該是整晚沒離開吧。然後我正要出門上班，燕子在後面叫住我，她說她要去搭公車回家，我就順便載她去公車站。」

「哇靠……」

「不過你放心，我沒亂說話，在車上我們也只是亂聊，反而是她自己解釋著要我別亂想，她說你很君子，讓她去睡房間，你自己睡在錄音室。」

「那天就聊天聊到很晚，她沒車回家了，我也沒精神開車送她，就請她在我房間裡委屈一晚，我們很清白的。」

「我又沒說你怎麼樣，你這麼緊張幹嘛？」

「總是要解釋一下啊！」

「你跟我解釋幹嘛？我是那個贊成你們不清白的人啊。」

「銬盃！」

「人家都已經願意住下來了，你竟然一點動作也沒有，真是失敗！」

「最好願意住下來就表示有弦外之音。」

「那你至少也可以趁機會表明心意啊。」

「我表明啦。」

「真的？」我眼睛一亮，「你講了？」

「我用臉書講了，你不是也按讚了嗎？」

「最好那個叫作講了啦。」

「我覺得那已經算講了啊，而且燕子也有回覆我。」

「她回覆你什麼？」

「你自己去看啊。」辭海搔了搔頭髮。

最後一次在Pub表演那天晚上，我邀了婉燕一起來聽。

我在Pub附近的便利商店遇見阿尼跟小希，他們兩個正站在一整面大冰箱前猜拳。

「為什麼要猜拳？」我湊到阿尼旁邊問。

「嗯，因為……」

阿尼還沒開口，小希就搶著說：「因為如玉也要來，我說要幫如玉買杯咖啡，他就說如玉不用喝咖啡，太高級了，買冰塊給她咬就好，我就說好，結果他又說不敢……」

「等等！等等！」我打斷了小希的話，「如玉是……阿尼的編輯，對吧？」

「對。」阿尼跟小希同時點頭稱是。

「你要買冰塊給編輯咬？」我看著阿尼。

「對啊！」小希說：「敢說就要敢買。」

「我只是開玩笑的，我怎麼敢真的買冰塊給如玉咬呢？」阿尼有點惶恐。

「所以我們說好了要猜拳，我贏了就買冰塊，我輸了就買咖啡。」小希說。

「那快猜！我壓一百塊賭小希贏。」我說，邊說邊拿出一百塊。

婉燕在一旁打了我一下，「你很壞耶！居然還落井下石。」

阿尼面帶愁容地看著信心滿滿的小希，磨著拳頭在那邊要猜不猜的，「你再不猜就當你輸囉！」小希恐嚇著。

後來兩個人平手了三次，在第四次才分出勝負。

很可惜，是阿尼贏了。沒機會看到他被如玉撕成碎片的畫面了。

要走出便利商店的時候，門口剛好走進來一個不畏天寒，穿著短裙的正妹，阿尼一邊走還一邊回頭看，根本就看到忘我。

「沒關係，你繼續看沒關係。」小希冷冷地說。

「啊！沒啦……」阿尼趕緊道歉。

「你繼續看啊！今晚睡沙發！」

「不！我不要再睡沙發了！」阿尼哭喊著。

其實我也瞄了那個正妹幾眼，我想這應該是男人的正常反應，看到正妹一定會多看幾眼的。不過，我有感覺到從婉燕那個方向傳來的銳利的眼神。

大概是最後一場表演的關係吧，辭海竟然穿了西裝來。

他把領帶打了一半，裡面的襯衫也開了三顆釦子，再加上他刻意留了一個星期的鬍子，我不得不說，還真的有型男的感覺。

他在幫燕子找接唱歌手的時候，同時也幫自己找了接替的吉他手。

下一次的表演，主唱就不是燕子了，吉他手也不是辭海了。

「我不是想跟燕子同進退所以才不彈了，雖然看起來像是跟她同進退。」辭海說。但這是一句廢話，他說他不是因為燕子不唱了才不彈，但他卻真的是因為燕子不唱了才不彈啊！

「不是因為燕子，不然是因為什麼？」

「我不是為了她才不彈的。」

「那不然是為了什麼？」

「不是為了她。」

「我知道，我在問你是為了什麼？」

「不是她就對了。」

「那是為什麼啊？」

「呵呵。」

呵你老木！

明眼人都知道他是為了燕子才不彈的，我猜就連燕子也知道，只是她也不好說破，而辭海也沒有表示什麼。

燕子當然有問辭海為什麼不彈了，那天我們正在海產攤吃飯喝酒，而辭海給了她一個很瞎的答案：「因為我好像突然間不會彈吉他了。」說完之後他又呵呵，我在一旁啤酒喝一半差點噴出來，不知道他什麼時候學會這個又乾又難聽又莫名其妙的呵呵。

用「突然間不會彈吉他了」這種答案來搪塞，擺明了跟別人說你就是不想彈。

好吧，音樂才華是他的，吉他也是他的，他不彈，沒人能奈他何。

辭海還說以後再也不接 Pub 的伴奏工作了，感覺太累了。我聽得出來，「累」只是一種官方說法，其實大家都知道他是為了燕子。

這 Pub 的最後一演，燕子把過去一年多所唱過最難唱的那些歌全都拿出來唱了一遍，一共唱了二十首。這天燕子唱到氣力放盡，辭海也彈吉他彈到在滴汗，我來 Pub 看他們演出看了好多次，第一次看到他彈到滴汗。他胸前的襯衫濕透，黏在他的胸肌上，有幾個女孩子莫名地看著他在尖叫。

「今天辭海帥到掉渣！」阿尼說。

「真的很帥，」在我旁邊的婉燕也同意，「之前看他都覺得像是個宅男，今天他完全不一樣，好像會發亮。」

是啊，這天的辭海會發亮。

這天的燕子也是。

在台上的他們好像已經有了不需要說話就能溝通的默契，似乎音樂就是他們的語言，燕子用她的歌聲在說話，辭海用他的吉他在應和。

那天的最高潮是燕子在唱黃妃的〈追追追〉和天后張惠妹的〈好膽你就來〉的時候，現場兩百多個觀眾都不自覺地舞動自己的身體，連我這種沒有什麼跳舞神經的人也在搖來搖去，而且愈聽全身雞皮疙瘩愈多。

他們兩個在台上愈唱愈近，燕子還整個上半身靠在辭海的背上，像是就要從背後給他一個大擁抱一樣。

〈好膽你就來〉這首歌，好像就是燕子在對辭海的喊話一樣。

歌詞的最後兩句是「其實我都知道，好膽你就來」，這不就是在跟辭海說：我在等你告訴我呢！

燕子在辭海的臉書上，留下了一句耐人尋味的回覆。

她說：「即使碎了一地，至少曾經努力。」

>>>今天的辭海會發亮，燕子也是。

28

有一天，辭海沒頭沒腦地跟我說起燕子遷徙的習性，在冬天來臨之前，燕子就會結群往南方飛，等到隔年的春天，氣溫暖了，花芽迸放時才會回到原來生活的地方。

「所以你這是在說什麼？Discovery？國家地理頻道？」

「這是在讓你長知識。」

「喔！這麼好？」

「對啊，快點感謝我。」他說。

我還真感謝了他，不過我用的是中指。

後來我才知道，他跟我說這些的原因是燕子已經確定了離開台灣的時間，她要一個人隻身飛到紐西蘭，或許會跟真的燕子一樣，待到明年的春天才回來。

她在自己的臉書上分享了許多熱氣球的空拍照片，還加了附註，說那是「懷卡托熱氣球節」。懷卡托在哪裡？在紐西蘭，就是她一直想去的地方。

她說每年四月的第一個周末就是懷卡托熱氣球節，而今年的四月，她就會在懷卡托親眼看見那些熱氣球飛上天空了。

「懷卡托！我要來囉！」最後一句話是這麼寫著的，她還不忘加上一個歡呼的笑臉。當大家都在按讚表示為她開心的時候，其實我看得出來，這是她說再見的方式，對每個人。

我猜她跟我一樣，都不擅長道別吧。

我在想，這世上有多少人擅長說再見呢？

我也要道別了，跟台北道別，跟這些朋友道別，回到我原本長大和工作的地方。我沒有像電影或電視演的一樣，在鏡子面前練習怎麼跟他們說再見，畢竟我不是演員，我生活在真實的世界裡，我不需要看鏡子磨練演技。

但如果說再見可以演得很輕鬆，那麼當個演員好像也不賴。

我在高雄長大，在高雄工作，第一次離開高雄這麼久，要離開高雄時也沒跟高雄的朋友道別，因為我知道我會回來，而且很快。

但我卻在這時候才發現，要回高雄其實是一件不容易的事。

如果我不會捨不得，我可以走得很輕鬆。

誰知我竟一點都不輕鬆，我好捨不得。

我說過，三個多月前，我帶了三件西裝外套、十件襯衫、六條西裝褲、兩件牛仔褲、幾件長袖T恤、一雙皮鞋、一雙休閒鞋和七雙襪子……而我在整理行李的時候，發現襪子少了一雙，而休閒鞋破了一個洞。

我心裡有點酸酸的。

當然不是因為丟了一雙襪子而酸酸的，而是我就要跟辭海他們說再見了。

我在任性的電熱水器上找了個不起眼的角落，簽了自己的名字，簽完之後有些後悔，因為那看起來像是水電行維修員的簽名，我好像要為它保固一輩子。

離開台北那天，我站在房門口發呆，有些落寞，而且竟然開始想念。

回家的路上，我打電話給大仔，問他能不能讓我休息幾天。他說一天，我說不夠，他說兩天，我也說不夠，他要我講個數字，我說那就這輩子吧。他哈哈大笑了十秒，然後說衝啊！三刀流魯夫！

幹……神經病。

我想他這輩子都搞不懂三刀流是誰了。

辭海接了一個工作，要在陳奕迅的演唱會上擔任吉他手。

要在陳奕迅的演唱會上擔任吉他手需要多可怕的功力呢？

「不需要多可怕啦，只要是全台灣前三名差不多就夠了。」這話是阿尼說的。

我真的很慚愧，跟辭海同住了三個多月，我到了要離開的時候才知道他竟然是這麼可怕的角色。

演唱會事前的排練工作要在香港進行，所以我離開台北時，辭海並不在台灣，他已經跟工作團隊出發到香港了。

出發那天，他在我房門口留了一張便利貼，上面寫著：

國維，有禮物要送給你，就放在錄音室門口。

對了，感謝客倌來到本小店住了三個多月，希望住得還開心。

謝謝光臨，歡迎再來。

看完便利貼，我笑了。

他不只在人家來的時候會說歡迎光臨，人家要走了還會說謝謝光臨。

有病吧他。

我以為他要給我的只是個小小的東西，沒想到卻看到一個長約九十公分，寬大概四十公分的箱子躺在那兒。

在台北的最後幾天，媽媽打電話來，叮嚀我要記得多穿點衣服，她跟爸爸都感冒了，是被妹妹傳染的，他們三個人在家裡用咳嗽跟噴嚏聲聊天，面紙的用量瞬間多了好幾倍。

「媽，我就要回去了。」我說。

「喔？是喔？」她的聲音聽起來沒有很開心，我猜這是這年紀的媽媽把兒子丟在外面也沒關係的正常反應。

「公司已經找到接替的業務了，我要回高雄了。」

「什麼時候？」

「就這幾天。」

「那應該沒問題，幾天後我跟你爸、你妹的感冒應該就好了。」

「妳跟爸要保重，妹就不用管她了。」

「怎麼可以不用管？她將來還要嫁人耶！」

「我猜她嫁不出去。」

「你還敢講，自己有討到老婆了嗎？」

「媽，我這麼優秀，要討老婆很簡單啊。」

「啊老婆呢？在哪裡？拿來我看看。」

不等她說完，我就趕緊說再見掛電話了。

因為這話題如果再扯下去，不知道她又要搬出哪裡的某位媽媽的女兒目前沒人要，要我夾來配之類的。

我不想把人家夾來配，我也不想被夾去配。

配或不配這種事在這時代根本不重要，重要的是喜不喜歡。

是的，重要的是喜不喜歡。

而我知道我喜歡。

最後一場 Pub 表演結束了之後，我們跟著樂團到好樂迪去開慶功趴。

但與其說是慶功趴，不如說是道別趴。樂團的人跟燕子和辭海道別。

那天大家卯起來喝，歌卯起來點，啤酒一壺一壺地見底，又一箱一箱地搬進來，從晚上十一點進包廂，我們唱到天亮。

貝斯手跟鼓手的酒量很好，他們看起來最清醒，但其實他們吐了兩次。他們就是那種知道自己快醉了，就跑到廁所挖喉嚨的人，吐完之後又是一尾活龍這樣。

鍵盤手不太會喝酒，他在包廂裡醉了就睡，睡沒多久又醒，醒了又被灌醉，這樣循環了好幾次。

辭海也喝了不少，歌也唱了不少，不過他好像刻意撐得沒什麼事一樣，從頭到尾都努力保持著清醒的狀態。

大家都知道他為什麼撐著，因為燕子醉了。

她進包廂之後不知道在 high 什麼，歌一直唱，酒一直喝，不到兩小時就醉倒了，睡在辭海的腿上，睡得很深很沉，還一度聽到她輕輕的打呼聲。

鼓手跟貝斯手虧辭海說：「把你女朋友帶回家去睡好嗎？在這裡閃我們的眼睛真討厭。」

辭海於是順著他們的話說：「很抱歉，我馬子酒量不好，等等她的部分我代喝。」

這話說完引起一陣歡呼，辭海當場被拱乾了一瓶啤酒。

我一直在擔心辭海的酒量，所以我都有在偷偷幫他喝。

我知道他想送燕子回家，所以他必須撐住。

阿尼的酒量很不錯，他說平常半夜寫作的時候就會喝幾杯，這麼多年了，酒量也訓練出來了。倒是小希讓我嚇了一跳，她喝的量跟阿尼差不多，竟然還可以清醒地走出ＫＴＶ。

婉燕本來就不太會喝酒，也很怕醉，從頭到尾她都一口一口地慢慢喝，到了結帳的時候，她竟然在我耳邊跟我說：「你是喜歡我的，對吧？」

我聽了有點吃驚，「妳……醉了？」

「我有點暈……」她說完就靠在我肩膀上。

「休息一下吧，就要回家了。」

「你還沒回答我……」

「什麼？」

「你是喜歡我的，對吧？」

「嗯，妳真的醉了。」
「你沒醉嗎？」
「我還好。」
「那……可以陪我去坐車嗎？」
「嗯，我會陪妳回家。」我說。

在計程車上，婉燕就已經昏昏欲睡了，跟司機說完她家的地址之後，她靠著我，看了我一眼，說了聲「國維，謝謝，麻煩你了」，然後被周公秒殺。

沒多久，她家到了，那是一棟位於捷運站後面的公寓大樓。

我吩咐司機等我一分鐘，然後把她扶到電梯前，她說她可以自己上樓，我便放手，說了聲再見。

她把雙手攤開，說了一聲「喔」。

我往前一步，將她抱在懷裡。這次的「喔」比較久，大概有十幾秒，直到電梯門打開。

「你到家要傳 app 給我，好嗎？」她按著電梯的開門鍵說。
「好。」
「謝謝你送我回家。」

「不客氣，妳快回去休息吧。」

等到電梯門關了起來，我在原地呆了幾秒鐘。

看著電梯的顯示數字慢慢增加，「是的，我是喜歡妳的。」那時，我才說出口，「我可以把妳夾來配嗎？」我自言自語地說著，說完自己還噗嗤笑了出來。

是的，我知道我喜歡婉燕。

可是我就要回高雄了，所以，我的喜歡還是先放在心裡……吧？

下一次的「喔」，是多久之後了呢？

還是可能再也沒機會「喔」了？

辭海在他的臉書上照慣例留下了一個數字，「No. 1003」。這時他已經在香港了。

我本來想在底下回覆，問他〈揮霍〉呢？但也只是想想而已便做罷。

因為我在回家後打開那個箱子就得到答案了。

燕子要離開台灣的時間，比辭海去香港的時間慢了十天。

辭海說他在香港至少得待一個月，所以他是沒辦法送燕子上飛機了。

燕子出發那天在機場打了個卡，又留下耐人尋味的一段話：

南方啊，我是隻遲到的燕子。

揮霍

本該在冬天之前去找你，奈何臨行時就快聽見春天的腳步聲了。
或許我在等待什麼吧。

該出發了。
我行囊中裝滿著片段記憶串起來的那些過往，
相信足夠了，夠陪我流浪。

願你們，和你，
都、好。

＞＞＞謝謝光臨，歡迎再來！

29

新的業務看起來很精明幹練，跟我的類型完全不一樣。

我是零距離的親切感，他則是零親切的距離感。

大仔說他的業務能力很強，我說我已經感覺到了。

他就是那種帶著有距離感的禮貌，一切公事公辦的類型。他臉上所有的笑容都是為了簽成訂單的手段。跟他交接的時候，他的謝謝跟不好意思總是掛在嘴邊，像極了客服專線的專員，過程中除了公事，他沒有跟我哈啦過任何一句公事以外的話，連呵呵都沒有。

呵呵，我開始想念辭海莫名其妙的呵呵。

婉燕在我回到高雄後的第一個周末打電話給我，她想約我去看場電影。

我告訴她我在高雄，她大概十秒鐘沒說話。

「所以，這是你在台北的工作已經告一段落的意思？」十秒鐘後，她緩慢地說。

「嗯，是的。」

「還會再上台北嗎？」

「不知道，但機率不高，除非我又要去收爛攤子。」

「喔……」

「妳喔了……」

「是啊，我喔了。」

「但我不在旁邊，沒辦法擁抱妳。」

「沒關係，我打算掛掉電話，然後去抱我的枕頭。」

「還好，不是抱別的男人。」

「或許我會。」

「幹嘛這樣……」

「不告而別謂之恨，我想你是恨我的，所以不告訴我。」

「我怎麼會恨妳呢？」

「就算不恨也沒有多喜歡。」

「我不恨，我喜歡。」

「你說什麼？」

「我不恨，我喜歡。」

「你這文法錯誤，只有主詞跟動詞，卻沒有受詞。」

「誰在聽誰就是受詞。」

「這算是告白嗎？」

「我想這只能算是文法教學。」

「好吧，那我就當是文法教學了。」

「妳也可以當它是告白。」

「你把我弄糊塗了，到底是文法教學還是告白？」

「好吧，是啦啦啦。」

「啦什麼啊！」她在電話那頭咆哮著。

那個長九十公分，寬四十公分的箱子裡裝的是一把小吉他，我還記得辭海說那叫烏克麗麗。烏克麗麗的背上黏了一封短信，箱子裡放了一張ＣＤ，還有一本書：《烏克麗麗入門教學》。

信封上寫著「國唯收」，我看了搖搖頭嘆了口氣。跟他同居了三個多月，他還是把我的名字寫錯。

親愛的同居人：

你就要離開台北了，不知道為什麼，我竟然有些不捨。

印象中你跟我說過想學吉他，所以我就把這把烏克麗麗送給你，當作是離別的禮物，如果你想問這烏克麗麗多少錢，我只能說我也不知道，因為那是別人送我的，擺在我這裡也是佔地方，所以就請你收下，不要客氣。

不過那本入門教學就是我買的了，售價在書的後面有寫，你自己看，下次我們再見面時，你只要回送我十倍金額的東西就好，真的，十倍就好，不要多，再多我就不敢收了。

箱子裡的CD，是我最近才完成的一首歌，歌名你知道，就是〈揮霍〉。

不過說它完成了，我有點心虛，因為我自己知道那並不算完成，只能說完成度大概九十五％。

你一定想問，既然剩下五％，為什麼不做完呢？

我只能說，有些事完成九十五％也是一種完美，少了五％的完美。

好啦，我承認那五％現在在紐西蘭還沒回來。

或許她回來之後，這五％就會自然地完成了吧。我猜。

其實你是個王八蛋，你知道嗎？一直拱我跟燕子告白，你自己呢？我感覺得出來，婉燕也在等你說啊。我想這就叫作「嚴以待人，寬以律己」，這種人我通常會叫他去吃大便，所以……

你去吃大便吧。
你在看這封信的時候，我應該在香港吧。
我有沒有跟你說過，我還滿喜歡廣東話的口音？
我會利用在這裡的時間好好學廣東話，說不定下次見面，我就會用廣東話跟你哈啦了。
改天見！我的同居人。
希望新的業務跟你一樣好相處。
如果不是，那我會把他殺了，把房間空出來等你再來住。

辭帥海

我是笑著把信看完的。
辭海的幽默感還是很爛，我應該建議他多看一些周星馳的電影，他才會了解什麼叫作高級幽默感。

一天，大仔和我在吸菸室裡閒聊，他問我在台北這三個多月過得怎樣，我一時間說不出話來。

不是我不知道怎麼說，而是不知道該從何說起。

就像做了一場印象很深刻的夢，醒來之後，夢的餘溫還在，片段依然清晰，卻沒有頭緒去整理。

我覺得每個人的人生都像一本上帝寫好的劇本，我跟辭海、燕子、婉燕四個人的劇本在這個時期重疊了，所以自然地相遇。時間到了，我們又各自回到自己的軌道上。辭海到了香港，燕子飛到紐西蘭，我回到高雄，婉燕留在台北。

以後劇情要怎麼走，以後才知道。

一天晚上，我把辭海的〈揮霍〉拿出來放到音響裡，按了播放鍵，為了不吵到爸媽，我用耳機聽，並且把音量轉到耳朵能負荷的極限。

這已經是我拿到ＣＤ之後兩個星期的事了。

當音樂從耳機裡猛烈地灌入我的耳朵，我立刻全身起滿了雞皮疙瘩。這讓我想起第一次在辭海的錄音室裡感受到的震撼，我一直以為音樂就只是音樂，即使它帶給人的感受有多層次、多種類。

但聽了辭海的〈揮霍〉，我才知道以前聽音樂的方式都錯了。

音樂不只是音樂，它有心跳，它有生命，它會跟你說話。

我想，〈揮霍〉是辭海想對燕子說的話。

又或者應該說，〈揮霍〉是所有心有所屬的人都聽得懂的一種語言。

我從沒問過辭海，為什麼要把這首歌取名叫〈揮霍〉，但聽了之後我就了解了，人的情感是無窮無盡的，當你真的喜歡了誰、愛上了誰，就表示你正在揮霍。

聽完之後，我把房門關上，順便擦了擦跑出眼角的眼淚。

然後拿起電話，撥了婉燕的號碼。

響了一聲半，電話就被接起，「你又打來文法教學嗎？」她說。

「不，我是打來告白的。」

「哎唷！這次這麼乾脆？」

「我有些話想跟妳說，妳想聽嗎？」

「好。」

「要仔細聽。」

「好。」

「要非常仔細地聽。」

「好。」

「要非常非常仔細地聽。」

「好啦！」她又咆哮了。

然後，我把耳機對上電話，按下播放鍵。

用辭海的音樂替我告訴婉燕，關於我的揮霍。

＞＞＞那些關於我的揮霍。

終章

一個多月之後，我們在香港赤鱲角機場降落。

「我們」指的是我跟婉燕，還有阿尼和小希。

現在的演唱會都是那個樣子，比聲光比特效，陳奕迅的演唱會當然也一樣。不過他特殊的地方在於他是個很放得開的人，他不太在乎別人覺得他很怪，人來瘋這個形容不是沒有根據的，你會看見他的表演不只是在表演，還有那些真情流露。一首〈浮誇〉唱到聲嘶力竭，重點早就不是歌聲，而是感情了。

我記得辭海說過，〈浮誇〉是一首不管詞或曲都很難再有歌可以超越的作品。這樣的歌曲很多年才會出現一首，因為要寫出這樣的歌，必須要有太多的天時地利人和，寫詞的人要對，寫曲的人要強，唱的人當然更要適合這首歌。

我們是帶著望遠鏡去看演唱會的。

第一次出國不是為了玩，而是為了看演唱會，對我這種人來說，還真是難得的經驗。辭海在台上的裝扮是我從來沒見過的，他們的服裝會為了演唱者而做搭配，連頭髮的造型都是。所以當我們看見辭海在台上的樣子，四個人出現了一樣的反應。

哈哈哈哈哈哈哈哈哈哈哈哈哈！

不是我們真的想笑他，而是那個樣子跟那個妝掛在他身上，實在是非常有喜感，他一整個看起來像是某種快要壞掉的吉祥物。

又一個多月之後，我在全家便利商店的架上看見阿尼的新作品，他說那是他的第二十本作品了，沒想到寫了十幾年，當年如花似玉的如玉，現在都跟著老了。

我二話不說地拿著書就到櫃台結帳，朋友間捧個場當然沒問題。雖然說我已經很久沒看小說了，沒意外的話，我可能會把它拿來蓋泡麵。

這天金曲獎的入圍名單出爐了，我在最佳作曲人的名單上看見辭海的名字。我在家裡高興得跳了起來，第一通電話就打給婉燕。

「你別激動，我也看到了。」婉燕說。

我又立刻打給辭海，但是電話轉進語音信箱。

沒兩分鐘我又撥了一次，還是轉進語音。然後我傳了訊息，要他回我電話，但我等了四個小時，他還是沒有回撥。

後來我在他的臉書上看到一篇八個小時前發表的狀態，他在桃園機場打卡，拍了一張飛機時刻表的照片。

他說：「現在去紐西蘭好像不太對，那裡快要冬天了，對吧？」

揮霍

了。

辭海啊，那裡快要冬天了沒錯，但你既然有勇氣買了這張機票，我想你的春天就要來了。

對吧？對啦！

【全文完】

不揮霍的後記

這本書的名字叫《揮霍》，既然你已經看到這裡了，應該就知道為什麼我叫它《揮霍》了，對吧？

一直以來都想寫一本音樂書。

當然這音樂書不是那種放CD來聽，一邊有音樂，一邊有旁白在說故事的。

我想寫的是音樂是我的作品，而旁白是你自己的那種。

對，就是你自己，正在看這行字的你自己。

還沒踏入出版之前，我就寫過好幾首歌的音樂故事，短篇的，發表在BBS站自己的個人板上與故事板上。

那些故事是我自己聽了音樂之後所感受與想像出來的，我發現有音樂的故事愈加有悸動感，有故事的音樂愈加有真實感。

「哪天如果我真的有辦法寫歌給歌手唱，那就來寫一部音樂故事吧！」那時，我這麼跟自己說。

這幾年，我陸續寫了一些歌曲，得到好幾位歌手的青睞，讓我突然想起這件事。

「喔！都已經十幾年了呢！現在才想起來，是年紀大了嗎？」我心裡這麼想著。

於是，我開始構思這部音樂故事，然後決定了一個很會玩音樂的主角。

但根據我多年來的了解，很會玩音樂的人多半都怪怪的，我的怪可能不及他們的十分之一，所以我又設計了另一個角色來替這個主角說故事。

我希望《揮霍》是一個平凡、單純、溫暖的故事，像是部小品，在看的時候能時常會心一笑的那種讓心裡暖暖的作品。

經過多次的更改，還有自己心裡的某些掙扎與割捨。

我在電腦前，撇開心裡一直以來對作品的龜毛與碎碎唸。

笑著《揮霍》了。

二〇一三年二月十九日於高雄的家

句點

泛黃相片　紅了眼圈　愛被打了死結
愛恨相約　過情人節　禮物是份心碎
兩人世界　一種離別　已絕版的思念
秒針直接　分針無言　時間說了抱歉
回憶沉澱　情緒凝結　寂寞吵得我難以入眠
你的拒絕　和我的妥協　寫完了這一章離別

揮霍

愛寫到句點　沒有下一頁　空白或許是最完美的結尾
愛寫到句點　你我的世界斷了關聯　直到又愛上了誰
永遠一直都是一種自欺欺人的錯覺

作詞／演唱：吳子雲（藤井樹）（OP：好野創作）
作曲／編曲／吉他：康小白（OP：Linfair Music Publishing Ltd.福茂著作權）
製作人：康小白
錄音／混音師：康小白
錄音／混音錄音室：好野創作
母帶後期處理製作人：康小白
母帶後期處理錄音師：鄭皓文
母帶後期處理錄音室：G5 Studio

揮霍

我迷戀著

鋼琴與吉他的音色
於是說話變得頓塞
我用音符替我傾訴著
一首為妳寫的歌

我們務實的長大著
從前的自己模糊了
迷戀戲裡癡情的角色
最後總是掉淚的那個

揮霍

誰的愛沒有說呢　又誰的愛沉默了
理智與浪漫用什麼切割
堅持與放棄該怎麼選擇

這首歌　寫了幾百個回合
我的愛　依然靜默著
所有愛情　都是巧合
感情是沒有極限的
從喜歡妳的那一刻　開始揮霍著

〈揮霍〉
作詞／演唱：吳子雲（藤井樹）
（OP：好野創作）
作曲／編曲／弦樂編寫／吉他：康小白
（OP：好野創作）
製作人：康小白
錄音／混音師：康小白
錄音／混音錄音室：好野創作
母帶後期處理製作人：康小白
母帶後期處理錄音師：鄭皓文
母帶後期處理錄音室：G5 Studio

〈揮霍〉演奏曲
作曲：康小白（OP：好野創作）
編曲：于京延
弦樂編寫：于京延
吉他：王漢威
大提琴：劉涵
小提琴：劉融
製作人：康小白
錄音／混音師：康小白
錄音／混音錄音室：好野創作
母帶後期處理製作人：康小白
母帶後期處理錄音師：鄭皓文
母帶後期處理錄音室：G5 Studio

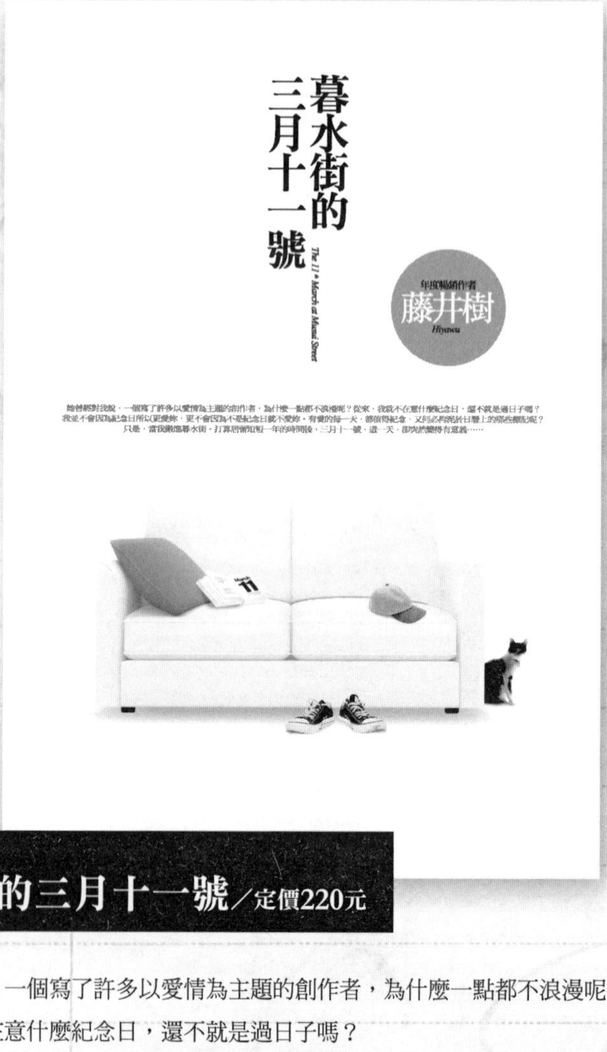

BX4120

暮水街的三月十一號／定價220元

她曾經對我說，一個寫了許多以愛情為主題的創作者，為什麼一點都不浪漫呢？

從來，我就不在意什麼紀念日，還不就是過日子嗎？

我並不會因為紀念日所以更愛妳，更不會因為不是紀念日就不愛妳。

有愛的每一天，都值得紀念，又何必拘泥於日曆上的那些標記呢？

只是，當我搬進暮水街，打算居留短短一年的時間後，

三月十一號，這一天，卻突然變得有意義……

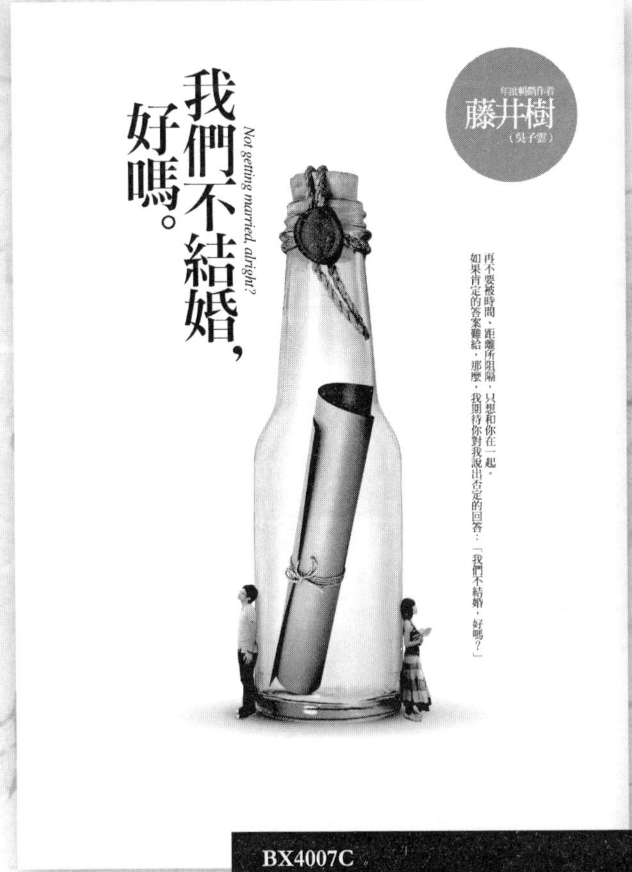
我們不結婚，
好嗎。
Not getting married, alright?
藤井樹
（吳子雲）
再不要被時間、距離所阻隔，只想和你在一起。
如果肯定的答案難給，那麼，我期待你對我說出否定的回答：「我們不結婚，好嗎？」

BX4132C

流浪的終點／定價260元

常常，我們迷惘著現在，感嘆著過去，同時尋找著未來，

這種感覺，好像在流浪一般……

只是，究竟為什麼我們必須漂泊？

離開妳，開始我的流浪，這麼做，有著什麼意義？

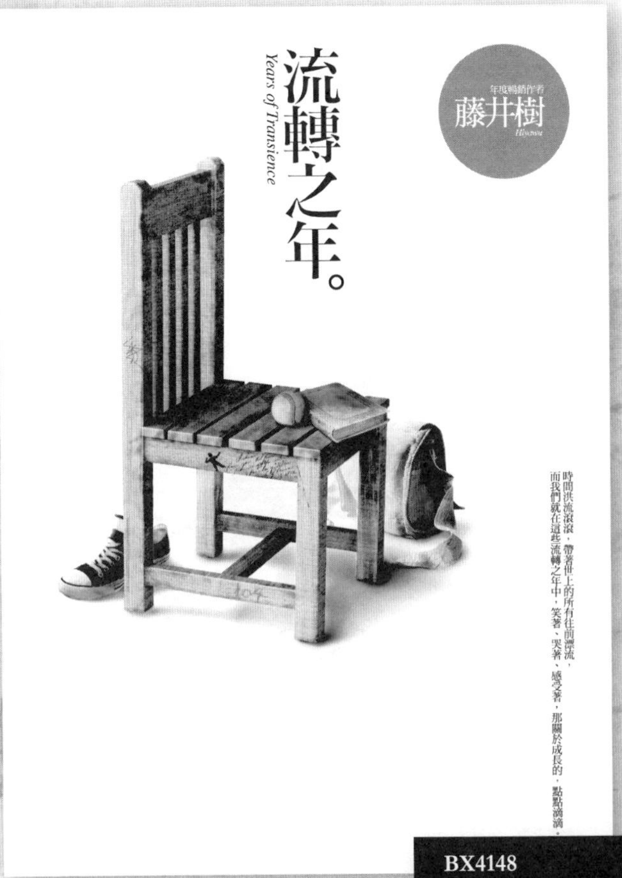

BX4148

流轉之年／定價220元

時間洪流滾滾，帶著世上的所有往前漂流，

而我們就在這些流轉之年中，

笑著、哭著、感受著，那關於成長的，點點滴滴。

國家圖書館出版品預行編目資料

揮霍／藤井樹著. -- 初版. -- 臺北市：商周出版：
家庭傳媒城邦分公司發行, 2013.04
面： 公分. --（網路小說；213）

ISBN 978-986-272-336-4（精裝附光碟片）

857.7 102003176

揮霍

作　　者／藤井樹
企畫選書人／楊如玉
責 任 編 輯／楊如玉

版　　權／翁靜如
行 銷 業 務／李衍逸、蘇魯屏
總 經 理／彭之琬
發 行 人／何飛鵬
法 律 顧 問／台英國際商務法律事務所　羅明通律師
出　　版／商周出版
城邦文化事業股份有限公司
台北市民生東路二段 141 號 9 樓
電話：(02) 25007008　傳真：(02) 25007759
Blog：http://bwp25007008.pixnet.net/blog
E-mail：bwp.service@cite.com.tw
發　　行／英屬蓋曼群島商家庭傳媒股份有限公司城邦分公司
台北市民生東路二段 141 號 2 樓
書虫客服服務專線：(02) 25007718、(02) 25007719
服務時間：週一至週五上午09:30-12:00；下午13:30-17:00
24 小時傳真專線：(02) 25001990、(02) 25001991
劃撥帳號：19863813；戶名：書虫股份有限公司
讀者服務信箱：service@readingclub.com.tw
城邦讀書花園：www.cite.com.tw
香港發行所／城邦（香港）出版集團有限公司
香港灣仔駱克道193號東超商業中心1樓
E-mail：hkcite@biznetvigator.com
電話：(852)25086231　傳真：(852) 25789337
馬新發行所／城邦（馬新）出版集團【Cité (M) Sdn. Bhd.】
41, Jalan Radin Anum, Bandar Baru Sri Petaling,
57000 Kuala Lumpur, Malaysia.
Tel: (603) 90578822　Fax:(603) 90576622
email:cite@cite.com.my

封 面 設 計／黃聖文
排　　版／新鑫電腦排版工作室
印　　刷／高典印刷有限公司
總 經 銷／高見文化行銷股份有限公司
電話：(02) 26689005　傳真：(02) 26689790
客服專線：0800-055-365

■ 2013 年 4 月初版
■ 2018 年 5 月7日初版64刷

Printed in Taiwan
城邦讀書花園 www.cite.com.tw

定價260元

 ISBN 978-986-272-336-4

廣	告	回	函
北區郵政管理登記證			
台北廣字第000791號			
郵資已付，免貼郵票			

104台北市民生東路二段141號2樓

英屬蓋曼群島商家庭傳媒股份有限公司　城邦分公司

請沿虛線對摺，謝謝！

書號：BX4213C　**書名：**揮霍　**編碼：**

請於此處用膠水黏貼

商周出版

讀者回函卡

謝謝您購買我們出版的書籍！請費心填寫此回函卡，我們將不定期寄上城邦集團最新的出版訊息。

姓名：______________________________

性別：□男　□女

生日：西元 __________ 年 __________ 月 __________ 日

地址：______________________________

聯絡電話：______________ 傳真：______________

E-mail：______________________________

職業：□1.學生 □2.軍公教 □3.服務 □4.金融 □5.製造 □6.資訊

□7.傳播 □8.自由業 □9.農漁牧 □10.家管 □11.退休

□12.其他 ______________________________

您從何種方式得知本書消息?

□1.書店□2.網路□3.報紙□4.雜誌□5.廣播 □6.電視 □7.親友推薦

□8.其他 ______________________________

您通常以何種方式購書?

□1.書店□2.網路□3.傳真訂購□4.郵局劃撥 □5.其他 __________

您喜歡閱讀哪些類別的書籍?

□1.財經商業□2.自然科學 □3.歷史□4.法律□5.文學□6.休閒旅遊

□7.小說□8.人物傳記□9.生活、勵志□10.其他 __________

對我們的建議：

____

____

____

____

請於此處用膠水黏貼